Blickkontakt

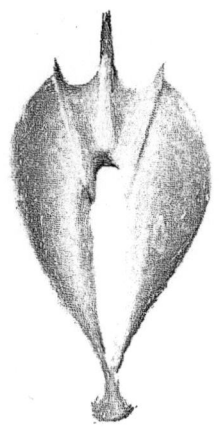

Stay with me
All I want to do
is to look in your eyes
and sail on through the night

(Barclay James Harvest)

Reinhard Rudolf Boso

Blickkontakt

Wissenschaftsroman

Bei BoD von Reinhard Rudolf Boso außerdem lieferbar:
Von sinkenden Schiffen, Eine Retrospektive, © 1992
Neuauflage 2014
ISBN: 9783735781611

Die Deutsche Nationalbibliothek verzeichnet diese Publikation in
der Deutschen Nationalbibliografie; detaillierte bibliografische Daten
sind im Internet über http://dnb.dnb.de abrufbar.

© 2014 Reinhard Rudolf Boso (reinhard.boso@vol.at)

Herstellung und Verlag: BoD – Books on Demand, Norderstedt

ISBN: 978-3-7357-8071-3

Dann begann Michelangelo damit, die Statue des David aus dem Stein zu hauen. Dafür brauchte er zwei ganze Jahre. Und zwei weitere Jahre dauerte es, bis er die Statue durch Schleifen und Polieren fertig stellte.

Als die Statue feierlich enthüllt wurde, waren viele Menschen gekommen, um die unvergleichliche Schönheit des David zu bewundern. Man fragte Michelangelo, wie es ihm denn möglich gewesen war, eine so wunderschöne Statue zu erschaffen.

Der Bildhauer sprach:

Der David war immer schon da gewesen. Ich musste lediglich den überflüssigen Marmor um ihn herum entfernen.

HEIDELBERG, DEUTSCHLAND
AKADEMISCHER VERLAG

James Croll oder William Karel? fragte der Chefredakteur den herbeigerufenen Fachbereichsleiter für Physik und Astronomie, Thomas Krüger, und schob ihm ein Manuskript über den Schreibtisch. Wissen sie, fuhr er fort, während Herr Krüger den Artikel etwas skeptisch durchblätterte, diese Abhandlung erinnert mich an die Geschichte von James Croll.

Hat James Croll nicht als erster die Vermutung geäußert, dass die zyklischen Veränderungen der Erdumlaufbahn von einer Ellipse zu einer fast kreisförmigen Bahn eine Erklärung für den Anfang und das Ende der Eiszeiten darstellten könnte? fragte Herr Krüger vorsichtig.

Der Chefredakteur nickte zustimmend. Vor über 150 Jahren reichte eben dieser James Croll von der Anderson's University in Glasgow unter anderem einen Aufsatz, der die Frage, ob die Abweichungen in der Umlaufbahn der Erde die Eiszeiten ausgelöst haben könnten, beim renommierten Philosophical Magazine ein, welches die Abhandlung sofort als bahnbrechende Entdeckung erkannte und umgehend veröffentlichte. Als sich die Wissenschaftselite jedoch auf die Suche nach dem Autor machte, war sie peinlich berührt, als sich herausstellte, dass James Croll nicht als Wissenschaftler an der Universität tätig war, sondern als Portier. Croll wuchs in ärmlichen Verhältnissen auf, besuchte nur die Grundschule und arbeitete dann vom Kellner bis zum Versicherungsvertreter in verschiedenen Berufen bis ihm die Stelle als Pförtner in der Universität angeboten wurde. In der Universitätsbibliothek eignete er sich an vielen Abenden autodidaktisch das erforderliche Wissen an und entwickelte dann die erwähnte These.

Jetzt verstehe ich, was sie meinen - diese Abhandlung wurde von einem in der Schweiz lebenden Fotografen - Antonio Piarelli - also von keinem Wissenschaftler verfasst. Aber worum geht es in diesem Artikel eigentlich?

Piarelli behauptet, dass er eines der größten Rätsel der Menschheit gelöst habe. Er habe einen Algorithmus zur Entschlüsselung des neuronalen Codes entwickelt und könne weiters plausibel das Phänomen der psychischen Synchronisation erklären, womit er das Zusammentreffen von zwar nicht kausal, aber durch einen gemeinsamen Sinn verbundenen Geschehnissen meint. Ich glaube nicht, dass es dafür derzeit schon eine physikalische Erklärung gibt, aber das heißt ja nicht, dass es keine zu geben braucht.

Es ist nämlich eine ganz alltägliche Sache. Zwei Menschen können gleichzeitig, aber an verschiedenen Orten, identische Träume haben. In meinem wie im Leben aller Menschen gibt es wahrscheinlich immer wieder solche Vorfälle, doch wir neigen dazu, sie irgendwie weg zu deuten oder sie ganz unbeachtet zu lassen, auch wenn wir uns alle vom Eingeständnis, dass derlei Phänomene existieren, intellektuell gedemütigt fühlen, weil wir keine Erklärung dafür haben.

Normalerweise verschwende ich keine Zeit mit parawissenschaftlichen Abhandlungen, aber Antonio Piarellis These hat mich in ihrer unkonventionellen Art, diese Problemstellung anzugehen, so fasziniert, dass ich sein Manuskript durchgelesen habe.

Aber was meinten Sie vorher mit James Croll oder William Karel?

William Karel ist ein bekannter französischer Regisseur, der vor einigen Jahren einen Film mit dem Titel *Kubrick, Nixon und der Mann im Mond* gedreht hat, vielleicht haben Sie ihn auch schon gesehen?

Es handelte sich um eine sogenannte Mockumentary, also um eine Art gefälschter Dokumentarfilm. Dabei werden oft scheinbar reale Vorgänge inszeniert oder tatsächliche Dokumentarteile in einen fiktiven beziehungsweise erfundenen Zusammenhang gestellt. Die vermeintliche Dokumentation von Karel beweist sozusagen mit geschickt zusammen geschnittenen Informationsfetzen aus Filmen, realen Interviews und Spielszenen, dass die erste Landung auf dem Mond vorgetäuscht wurde. Als ich diesen Film das erste Mal sah, kam ich aus dem Staunen nicht mehr heraus. Die Manipulation und Irreführung waren so perfekt inszeniert, dass trotz Auflösung im Nachspann des Films die Möglichkeit, dass alles so geschehen sein könnte, bei mir bis heute eine gewisse Unsicherheit wie bei den Verschwörungstheoretikern hinterlassen hat. Beim Lesen dieses Manuskripts hatte ich auch stellenweise genau dieses Gefühl wie bei William Karels Film.

Und deshalb habe ich sie zu mir gebeten. Finden sie heraus, ob es sich bei Antonio Piarelli um einen James Croll oder einen William Karel handelt, schloss der Chefredakteur das kurze Gespräch und fügte noch hinzu: In einem Monat sehen wir uns wieder – Croll oder Karel?

LUGANO, SCHWEIZ
BESUCH BEI ANTONIO PIARELLI

Es war schon ziemlich spät am Abend und so konnte Thomas Krüger nicht genau erkennen, ob sich der Zug nach dem gemächlichen Aufstieg seit Bellinzona schon im letzten Tunnel vor Lugano befand. Kaum, dass er das Manuskript in der Reisetasche verstaut hatte, bremste der Zug schon ab und blieb abrupt im Bahnhof stehen.

Thomas Krüger war noch nie in der Nacht in Lugano angekommen und bewunderte daher während der Fahrt zum Hotel die fantastische Aussicht auf den Luganersee, der von tausenden Lichtern eingefasst schien, welche sich allmählich in den Höhen in vereinzelte Lichtpunkte auflösten, um sich dann schleichend mit den Sternen zu verschmelzen. Am Horizont konnte man gerade noch die Silhouetten des Monte San Salvatore und des Monte Bre erkennen.

Am nächsten Morgen machte sich Thomas Krüger schon früh auf den Weg, um Antonio Piarelli zu besuchen. Piarelli wohnte in einer kleinen toskanisch anmutenden Villa einige Kilometer nördlich über Lugano. Nach einer kurvenreichen kurzen Bergfahrt erreichte er das Anwesen. Während Thomas Krüger läutete, dachte er sich noch, dass man von außen nichts Besonderes erkennen könne und er konnte sich zu diesem Zeitpunkt auch nicht vorstellen, dass in diesem Haus jemand an den Grundfesten des modernen Weltbildes gerüttelt haben sollte. Als sich dann nach einiger Zeit die Haustüre öffnete, glaubte er sich in seiner Annahme bestätigt, denn vor ihm stand ein sehr krank wirkender

Mann, der in keiner Weise den Eindruck erweckte, irgendetwas Außergewöhnliches entdeckt zu haben.

Guten Morgen, sie müssen Herr Krüger sein! Also *SIE* hat man geschickt, um heraus zu finden, was an meinen Thesen dran ist? begrüßte Antonio Piarelli mit einem Schmunzeln Thomas Krüger. Doch eher ein William Karel ... war der erste Eindruck und Thomas Krüger nickte zustimmend.

Von Ihrem Anwesen aus hat man einen fantastischen Ausblick über den Luganersee, versuchte Thomas Krüger ins Gespräch zu kommen.

Sehen Sie den steil aus dem Luganersee emporragenden Berg – den Monte San Salvatore und rechts davon den kleinen See – Lago di Muzzano? fragte Antonio Piarelli und zeigte auf den sich dazwischen erstreckenden, flacheren, grün bewaldeten Höhenzug. Dort liegt das ehemalige kleine Bergdorf Montagnola, in dem Hermann Hesse den Großteil seines Lebens verbracht und seine bedeutendsten Werke wie den Siddhartha geschrieben hatte.

Warten sie bitte einen Moment, ich hole noch meine Jacke. Heute ist ein schöner Sommermorgen – machen wir doch einen Spaziergang, denn ich möchte ihnen etwas zeigen, bevor wir über das Manuskript reden.

Während sie an einem See entlang gingen, begann Antonio Piarelli zu erzählen: Als kleiner Junge hatte ich jeden Abend eine unheimliche Angst, schlafen zu gehen, da ich an der Zimmerwand immer ein Bild sah, das auf dem Kopf stand und manchmal liefen sogar kleine Leute kopfüber über die Wand. Viele Jahre später erkannte ich, dass das Bild an der Wand von einem kleinen Loch im Fensterladen verursacht wurde, welches nur das Treiben auf der Straße an die Wand projizierte. Dieses Phänomen war schon im Mittelalter bekannt und wurde später als Camera obscura bezeichnet. Mit dieser denkbar einfachen Technik – einer dunklen Schachtel mit einem Loch auf der einen und einem lichtempfindlichen Film auf der gegenüberliegenden Seite, lassen sich auch heute noch fantastische Bilder machen.

Nachdem ich in der Schule dann das erste Foto aus dem frühen 19. Jahrhundert sah, welches von einem Franzosen geschossen wurde, wollte ich unbedingt Fotograf werden. Das Foto zeigt nur einen Blick aus dem Fenster seines Arbeitszimmers und wurde acht Stunden lang belichtet. Obwohl es durch seine Grobheit fast schon einen impressionistischen Eindruck macht und eher an ein Bild von Claude Monet erinnert, war es trotzdem das erste bekannte Foto überhaupt.

Aber war das wirklich die erste fotografische Darstellung? fragte Piarelli hinterlistig. Ich war nämlich von dem Gedanken fasziniert, dass sich Licht einfangen lässt und konnte kaum glauben, dass dies erst seit zweihundert Jahren möglich sein sollte.

Einige Wissenschaftler behaupten nämlich, dass das berühmte Grabtuch von Turin, die älteste Fotografie der Welt sein sollte. Nachdem alle Erklärungsversuche, wie das Bild auf das Tuch gekommen war, zu keinem befriedigenden Ergebnis führten, versuchte man mittels Ockhams Rassiermessertheorie, die besagt, dass, wenn man vor der Wahl mehrerer Erklärungen steht, die sich alle auf dasselbe Phänomen beziehen, man diejenige bevorzugen soll, die mit den einfachsten beziehungsweise der geringsten Anzahl an Annahmen auskommt, also je einfacher – desto besser, das Rätsel zu lösen. Das Grabtuch schaut wie ein Fotonegativ aus – warum sollte es dann nicht mit fotografischen Techniken erzeugt worden sein? Nach einer Radiokohlenstoffdatierung steht jedenfalls fest, dass das Tuch um das Jahr 1325 n.Ch. entstanden sein muss.

Aber wie sollte jemand im Mittelalter ein Fotonegativ herstellen können? fragte Thomas Krüger skeptisch.

Die Lichtempfindlichkeit einiger Stoffe, etwa des Farbstoffes Purpur war seit Jahrtausenden bekannt, erklärte Antonio Piarelli. Im frühen Mittelalter entdeckten dann die Araber die Herstellung von Silbernitrat aus Silber und Salpetersäure – sie nannten das Gemisch damals jedoch Höllenstein und verwendeten es unter anderem zur Behandlung von Hautkrankheiten. Ebenfalls seit der Antike bekannt war der Einsatz von Hohlspiegeln aus Silber zur Bündelung des Lichts und wie bereits erwähnt das Prinzip der Camera obscura.

Und mit diesen Utensilien lässt sich tatsächlich ein Fotonegativ auf Leinen erzeugen?

Ja, aber da muss ich etwas weiter ausholen.

Die Echtheit des Tuches wurde gleich nach der ersten Erwähnung Mitte des 14. Jahrhunderts bezweifelt. Etwas später wurde der Universalgelehrte Leonardo da Vinci verdächtigt, hinter der größten Reliquienfälschung des Spätmittelalters zu stecken. Aber da gab es ein Problem – Leonardo da Vinci lebte fast einhundert Jahre zu spät.

Was die meisten jedoch übersehen hatten, war, dass die Radiokohlenstoffdatierung nur die Entstehungszeit des Tuches auf das Jahr 1325 n.Ch. feststellen konnte, nicht jedoch, wann das Bild auf das Tuch gekommen war - das könnte auch Jahrzehnte später geschehen sein und das Tuch könnte in dieser Zeit eine Wanderung um die halbe Welt gemacht haben. Es ist auch naheliegend, dass zur Fälschung ein Leinentuch verwendet wurde, welches im Spätmittelalter beziehungsweise der Frührenaissance auch schon alt war und womöglich aus der Region des Nahen Ostens stammte. Warum das Grabtuch jedoch schon lange vorher erstmals historisch erwähnt werden konnte, ist leicht erklärt. Einerseits existierten nämlich mehrere solcher Tücher und Abbildungen des Angesichts Christi im Mittelalter. Welches dieser Tücher gemeint war, lässt sich heute nicht mehr feststellen. Andererseits dürfen Jahreszahlen aus dem Mittelalter nicht zu ernst genommen werden, da gerade in der Zeit, als die christliche Kirche im frühen Mittelalter gegründet wurde, selbst produzierte Urkunden zurückdatiert wurden, um eine lange Vorgeschichte mit vielen Legenden vorzugaukeln.

Ein Winzer aus der Toskana, bei dem ich früher öfters Urlaub machte, erzählte mir in diesem Zusammenhang eine Legende, die in den Dörfern zwischen Florenz und Siena seit Jahrhunderten weitergetragen wird. Demnach soll das Grabtuch von Turin auf einem Weingut in der Chiantiregion im Jahre 1504 entstanden sein. Zu dieser Zeit waren sowohl Leonardo da Vinci als auch Michelangelo in Florenz. Leonardo da Vinci bekam auf

Initiative von Machiavelli und Piero Soderini den Auftrag, ein großes Schlachtengemälde für eine der Wände des neuen Ratssaals im Palazzo della Signoria zu schaffen. Der jüngere Michelangelo, der gerade seinen David vollendet hatte, wurde mit einem weiteren Schlachtengemälde auf einer anderen Wand des gleichen Saals betraut. Nachdem Leonardo da Vinci eine neue Technik der Farbauftragung ausprobierte, die schief ging, da die Farben verliefen und von der Wand schuppten, schmiedete er einen genialen Plan, um seinen Ruf wiederherzustellen.

Eines Abends schlenderte er noch spät durch die Ausstellungsräume, in welchen seine und Michelangelos Entwürfe für die Schlachtenfresken aufbewahrt wurden, und erwischte dabei den jungen Raffael, wie er wieder einmal die Ideen der alten Meister stehlen wollte. So hatte er einen Anlass, um mit Michelangelo, der zwar bekanntermaßen nicht zu seinen besten Freunden zählte, zu sprechen und ihn in seinen Plan einzuweihen, denn er brauchte seine exzellenten Fähigkeiten als Bildhauer, um sein Vorhaben rasch umsetzen zu können.

Beiden war außerdem gemeinsam, dass sie nach dem Tod des Brogia Papstes Alexander VI. ein Jahr zuvor, verhindern wollten, dass das zügellose Leben im Vatikan weitergeführt wird. Alexander VI. bestieg vor elf Jahren nach einer gekauften Wahl den Stuhl Petri. Bei seiner Wahl bekannte er sich zu zumindest sieben Kindern und der Lebemann unterhielt auch als Pontifex ein offenes Liebensverhältnis mit einer über 40 Jahren jüngeren Mätresse und weiteren Konkubinen. Michelangelo hatte darüber hinaus noch ein weiteres Motiv, den Kirchenvätern ein Schnippchen zu schlagen. So erfuhr er bei seiner Rückkehr nach Florenz, dass einige seiner Bilder von der Kinderpolizei des selbst ernannten Propheten Girolami Savanarola auf einem Scheiterhaufen auf dem großen Platz vor dem Palazzo della Signoria in den lodernden Flammen aufgingen. Der Mönch Savanarola versetzte am Ende des 15. Jahrhunderts Florenz in einen religiösen Taumel und verwandelte die Stadt am Arno in einen Gottesstaat. Einige Jahre später wurde der charismatische Prediger jedoch selbst ein Opfer der Flammen.

Leonardo da Vinci wollte mit Hilfe Michelangelos eine perfekte Reliquienfälschung schaffen. Michelangelo konnte sich überhaupt nicht vorstellen, was ihm Leonardo da Vinci zu erklären versuchte, denn dieser wollte ohne Farbe und Pinsel malen, aber nachdem der Erfindungsreichtum Leonardo da Vincis schon zu Lebzeiten legendär war, lies er sich auf das Abendteuer ein. Es sollte eine nichterklärbare Darstellung werden, welcher man ohne weiteres göttliches Wirken unterstellen konnte.

So zogen sie sich immer wieder für Tage auf ein Weingut nahe Siena zurück. Michelangelo schuf dabei eine lebensgroße Sandsteinfigur. Leonardo da Vinci machte indes in einem aufgelassenen Weinkeller Versuche mit Leinentüchern und Chemikalien. Die Winzer wunderten sich über die zwei komischen Gestalten und oft konnte man noch in der Nacht ihr Lachen weit über die Hügel der Toskana hören. Einmal, so erzählte ein Arbeiter, sah er, wie Leonardo da Vinci ein Loch in das große Tor des Weinkellers bohrte und einen durchsichtigen Quarzstein einsetzte. Ein anderes Mal sah man sie große glänzende Spiegel vor dem Weinkeller umhertragen.

Aber eines Tages wurde das Weingut großräumig abgesperrt. Niemand durfte sich mehr in der Nähe des Weinkellers aufhalten. Nach einer Woche war der Spuk vorbei. Beide Künstler verließen den Ort und kamen nie wieder. Was in dieser Zeit geschehen war, weiß man von einem jungen Burschen, der von Leonardo da Vinci unter Todesdrohung zur Geheimhaltung verpflichtet, beauftragt wurde, die kommenden Tage das Weingut zu bewachen und niemanden in die Nähe des Weinkellers vorzulassen. In der ersten fast stockdunklen Nacht, so berichtete der Bursche Jahrzehnte später, tränkten Leonardo da Vinci und Michelangelo ein vier Meter langes und rund ein Meter breites Leinentuch mit einer unbekannten Flüssigkeit. Dann falteten sie das Tuch einmal der Länge nach, spannten es auf einen übergroßen Bilderrahmen und platzierten es im hinteren Teil des ehemaligen Weinkellers wie eine Leinwand und schlossen das Tor.

Am Morgen stellten sie vier große Hohlspiegel auf und hievten die menschengroße Skulptur, die den Leichnam Christi täuschend echt darstellte, horizontal auf ein rund ein Meter hohes Gestell, sodass das Gesicht zur Tür schaute. Dann passierte zwei Tage nichts. Es war drückend heiß. In der dritten Nacht kamen sie zurück und drehten sowohl die Leinwand im Weinkeller als auch die Sandsteinfigur um und ließen sich wiederum zwei Tage nicht mehr blicken. In der vierten Nacht wurde es geschäftig. Zuerst zerschlugen sie die Statue in ein paar Teile und vergruben sie zwischen einigen in der dunklen Nacht silbrig glänzenden Olivenbäumen nahe dem Weingut. Dann wuschen sie das große Leinentuch in einem großen Fass mit Regenwasser aus der Zisterne immer wieder und wieder. Zuletzt hängten sie das Tuch auf einer langen Leine zum Trocken auf.

Am nächsten Morgen bekreuzigte sich der arme Bursche mehrfach, als er das aufgehängte Tuch in den ersten Sonnenstrahlen erblickte. Wie durch Zauberhand war über Nacht das Abbild des Leichnams Christi auf das Tuch gekommen.

Das Ergebnis war die später als Grabtuch von Turin berühmt gewordene Reliquie mit der typischen braunen Farbe und der detaillierten negativen und dreidimensionalen Wirkung.

Wissenschaftliche Bedeutung erlangte diese Legende wieder vor einigen Jahren durch eine Entdeckung von Forschern der Universität Padua. Diese konnten ein sehr schwaches und viel weniger detailliertes Bild auf der Rückseite des Tuches erkennen, nachdem nach über 500 Jahren das auf die Rückseite aufgenähte sogenannte Hollandleintuch entfernt wurde. Die Darstellung auf der Rückseite entspricht genau der Vorderseite. Dies kann am Schlüssigsten mit der überlieferten Fälschungsmethode von Leonardo da Vinci und Michelangelo erklärt werden. Da nämlich das Tuch laut der Legende zusammengefaltet wurde, wurde die Rückseite des gegenüberliegenden Tuchabschnittes durch die tagelange Belichtungszeit leicht mitbelichtet. Letzte Gewissheit wird man wohl erst erlangen, wenn die Relikte Michelangelos Statue in den Olivenfeldern der Toskana eines Tages gefunden werden.

Thomas Krüger war sichtlich über diese Erzählung erstaunt. In ihrer These geht es doch auch um die seltsamen Eigenschaften des Lichts, nicht wahr? fragte er ihn.

Antonio Piarelli nickte. Deshalb habe ich ihnen zur Einstimmung auch diese Legende von einem der ersten Versuche, Licht zur Übertragung von Information einzusetzen, erzählt, aber jetzt sind wir hier – ich wollte ihnen doch etwas zeigen. Ohne es zu bemerken, betraten sie den Friedhof von San Vittore Mauro und Antonio Piarelli führte Thomas Krüger zur Urnenwand am hinteren Ende des Friedhofs und blieb vor einem Grab stehen.

Ihr Tod war der Beginn meiner Odyssee, sagte Antonio Piarelli und zeigte auf das Foto einer wunderschönen jungen Frau. Es hat alles damit begonnen, dass ich einer Bekannten versprochen hatte, bei ihrer Hochzeit die musikalische Umrahmung zu gestalten. Dieser Termin fiel genau in jene Phase, in der es mir am Schlechtesten ging und ich nicht wusste, ob ich am nächsten Morgen noch in dieser Welt erwachen würde. Am Abend traf ich dort ein Mädchen, das ich schon seit meiner Kindheit kannte, weil sie oft ihre Ferien bei der soeben vermählten Braut verbracht hatte.

Ich hatte sie schon einige Jahre nicht mehr gesehen und freute mich, sie dort zu treffen. An diesem Abend hat sie sofort gespürt, dass es mir nicht besonders gut ging und wollte mir die ganze Nacht zeigen, dass es schön ist, zu leben. Dabei hat sie es geschafft, mich zum Tanzen zu überreden und sie hat sich fast ausschließlich nur um mich gekümmert. Sie war nicht nur wunderschön, sondern hat auch mit ihrer bezaubernden Art mich all meine Gedanken für eine Nacht vergessen lassen. Diese tolle Nacht war einer der entscheidenden Momente, warum ich mich damals entschloss, nicht aufzugeben.

Zum Abschied schauten wir uns so seltsam tief in die Augen, als ob es das letzte Mal sein sollte. Oft musste ich an diesen Blick denken, bin in der Nacht aus Schachtelträumen schweißgebadet aufgeschreckt und habe diesen Blick vor mir gesehen. Es war tatsächlich das letzte Mal. Ich wollte mich bei ihr an ihrem Geburtstag für diesen wundervollen Abend bedanken und ihr zeigen, dass es mir wieder gut geht. Aber dazu sollte es nicht mehr kommen, denn kurz davor fuhr sie an einem heißen Julitag mit ihrem Auto gegen eine Gartenmauer und das Lenkrad stach ihr eine Rippe mitten durchs Herz.

Ihr Tod hatte mich für eine lange Zeit aus der Bahn geworfen, aber ich war auch tief verwirrt, denn eigentlich durfte ich weder wissen, was passieren wird, noch durfte ich spüren, dass sie fünfzig Kilometer entfernt im selben Augenblick stirbt. Das Verrückte aber war, dass genau das passiert war. Mich ließen diese Begebenheiten nicht mehr los und ich war wie besessen darauf, diesem Geheimnis auf den Grund zu gehen.

Sollte es etwa Verbindungen zwischen Menschen fern ab von esoterischen Erklärungsversuchen geben, von denen die Wissenschaft noch nichts weiß?

Eine Regel ohne Ausnahme lässt sich nicht ohne weiteres als solche erkennen, da sie ein Teil eines Hintergrundes unserer Erfahrung bleibt, dessen wir uns selten bewusst werden, hatte Antonio einmal gelesen. War dies alles die Ausnahme einer unbekannten Regel? fragte er sich scheinbar selbst.

Schweigend spazierten sie zum Lago de Origlio zurück, setzten sich auf eine Bank am Ufer und Antonio Piarelli erzählte die Geschichte seiner unglaublichen Entdeckung.

LONDON, ENGLAND
ARCHIV DER ROYAL SOCIETY

Wer sich mit Fotografie beschäftigt, fuhr Antonio fort, stolpert irgendwann über den Namen Thomas Young. Young hat zwar mit der Erfindung der Fotografie nichts zu tun, obwohl noch zu seinen Lebzeiten das erste Foto geschossen wurde. Auf ihn geht die Dreifarbentheorie der Farbempfindung zurück, die später von Helmholtz und Maxwell weiter ausgebaut wurde. Er hat aber auch das Interferenzprinzip der Wellenbewegung entdeckt und wurde mit seinem Interferenzversuch am Doppelspalt berühmt. Young beobachtete, dass, wenn zwei Gruppen von Wasserwellen gleichzeitig am Ufer in einen Kanal dringen und die Wellenberge zusammentreffen, sich diese dann verstärken. Wenn sie sich jedoch um eine halbe Wellenlänge unterscheiden, dann löschen sie sich aus.

Er übertrug diese Beobachtung auf das Licht, welches er erstmals als transversale Wellen beschrieb, und erklärte frech, dass Licht zu Licht gefügt auch Dunkelheit ergeben könne. Was allerdings kaum bekannt ist - Thomas Young leistete auch einen bedeutenden Beitrag zur Entzifferung der ägyptischen Hieroglyphen.

Da er sich als Arzt außerdem intensiv mit dem Sehen beschäftigte und als einer der letzten Universalgelehrten sich Kenntnisse in sämtlichen Fachrichtungen angeeignet hatte, wollte ich mehr über seine Forschungen erfahren. Beim Studium seiner Werke *An Account of Some Recent Discoveries in Hieroglyphical Literature, and Egytian Antiquities* und *A Compendious Grammer of der Egyptian Language as Contained in the Coptic and Sahidic Dialects* fiel mir auf, dass Young immer wieder mathematische Muster erwähnte, die er entdeckt haben wollte, um die Hieroglyphen zu entschlüsseln. Vermutlich aus Angst, sein Widersacher Jean-Francois Champollion könnte einen Vorteil aus seinen Erkenntnissen ziehen, veröffentlichte er diese Überlegungen aber nicht in seinen Büchern. So begann ich im Archiv der Royal Society in London mit meiner Suche, denn Thomas Young war wohl der erste Wissenschaftler, der sich mit der Physiologie des Auges, mit der Physik des Lichtes und der Entschlüsselung einer unbekannten Sprache gleichzeitig beschäftigte.

Das Gebäude der Royal Society ist nur fünf Minuten von der U-Bahnstation Piccadilly Circus entfernt, liegt an der Carlton House Terrasse zwischen der Pall Mall und der Mall und wurde früher als deutsche Botschaft genutzt.

Es war ein nebliger, kalter Herbsttag, als ich dort eintraf und das historische Gebäude betrat. Ich hatte mich schon lange vorher angemeldet und so waren die Unterlagen, die ich studieren wollte, in einem Leseraum, der mich an eine alte Universitätsbibliothek erinnerte, bereits auf einem überdimensionalen Schreibtisch bereitgestellt. Zuerst blätterte ich die Manuskripte durch, um vielleicht einige Formeln zu entdecken, aber da waren nur Textpassagen. Also begann ich, gezielt zu suchen und musste feststellen, dass Thomas Young offensichtlich die mathematische Schreibweise verhasst war, denn er schrieb alle seine Gleichungen und Algorithmen in Worten auf.

Nach einiger Zeit fiel mir ein handgeschriebener, schon sehr vergilbter Doppelbogen, der auf das Jahr 1814 datiert war, auf, auf welchem Young ein mathematisches Muster beschrieb, mit dem man in der Lage war, Begriffe, die auf der dreisprachigen Steintafel, die während des ägyptischen Feldzuges Napoleons bei Rosetta im Jahre 1799 gefunden wurde, sowohl im demotischen als auch im hieroglyphischen Text zu identifizieren. Er stellte nämlich fest, dass beide Schriften eine ähnliche Aufteilung aufwiesen und so vermutete er, dass die demotische Schrift eine Kurzform des Hieroglyphischen ist. Außerdem hatte er die Eingebung, dass unter den Hieroglyphen diejenigen, die in eine Einfassung eingeschlossen waren, den Eigennamen der dritten Schrift auf der Tafel, der griechischen Inschrift, entsprechen und es sich um alphabetische Zeichen handelte.

Vielleicht war dieses Papier bisher noch niemanden aufgefallen, weil Young das Demotische auch hier ganz unüblich als Enchorial bezeichnete. Jean-Francois Champollion nahm jedenfalls später den ganzen Ruhm der Entzifferung der Hieroglyphen in Anspruch, obwohl ihm diese wichtigen mathematischen Vorarbeiten zur Decodierung bekannt sein mussten.

Irgendwie hatte ich das Gefühl, dass sich hinter diesem Logarithmus noch ein Geheimnis verbergen könnte und als ich ganz vertieft die wichtigsten Passagen dieses

Doppelbogens abschrieb, bemerkte ich nicht, dass jemand auf dem gegenüberliegenden Tisch Platz genommen hatte.

Sie interessieren sich für Thomas Young? fragte mich ein schmächtig wirkender älterer Herr mit grau melierten lockigen Haaren und kleinen verschmitzten jugendlich-frechen Augen, fast flüsternd, obwohl außer uns niemand im Raum anwesend war, der gestört werden hätte können. Ich zögerte ein wenig, aber erzählte ihm dann doch von meinen Erlebnissen und dass ich auf der Suche sei, wissenschaftliche Erklärungen für solche Begebenheiten zu finden.

Er hörte mir ganz aufmerksam zu und sagte dann mit einem seltsamen Lächeln im Gesicht: Entschuldigen sie bitte, ich habe mich noch nicht vorgestellt, mein Name ist Rupert Sheldrake und ich glaube, ich kann ihnen weiterhelfen, denn ich beschäftige mich seit über vierzig Jahren auch mit diesen Phänomenen.

Ich bin eigentlich Biochemiker und habe Zellbiologie gelehrt. Als ich mich in den 1970-er Jahren für eineinhalb Jahre in Südindien aufhielt, beschäftigte mich die Frage, woher ein Samenkorn weiß, dass aus ihm beispielsweise eine Bohnenpflanze mit Stängel, Blätter und Blüten werden soll, wie also aus einem einfachen Ausgangszustand ein komplexer Organismus entsteht.

Ich entwickelte die Hypothese, dass dies nur mit der Existenz eines universellen Feldes zu erklären sei und nannte dieses Organisationsfeld „morphogenetisches Feld", später dann einfach nur morphisches Feld, nachdem ich postulierte, dass diese Felder an der Entwicklung verschiedenster Strukturen beteiligt sind, ob dies nun chemisch-physikalische Prozesse wie bei der Kristallbildung oder mentale Vorgänge wie Sinnenwahrnehmungen betrifft.

Was heißt ein universelles Feld? fragte ich verwirrt, bedeutet das, dass es sich um ein elektromagnetisches Feld wie bei der Radiowellenübertragung handelt?

Nein, diese Felder sind weder stofflicher noch energetischer oder lokaler Natur, aber dennoch physikalisch real, entgegnete er. Sie werden durch eine Raum und Zeit überspannende Resonanz mit allen vergangenen und gegenwärtigen ähnlichen Systemen geprägt. Vereinfacht ausgedrückt bedeutet dies, dass es sich um Gewohnheiten der Natur handelt, die umso stärker werden, je öfter sie wiederholt werden. Über die sogenannte morphische Resonanz wird dann diese Information übertragen.

Aber wie sollte das mit der herkömmlichen Physik erklärt werden? fragte ich mich. Informationsübertragung ohne Energie und das in einem dreidimensionalen System, was ja die Formbildung darstellt. Geschweige, wenn man noch bedenkt, dass viele komplexe Moleküle wie eine linke und rechte Hand in zwei spiegelbildlichen Formen vorliegen. Sollte diese Theorie tatsächlich zutreffen, wäre sie die einfachste Erklärung für meine Fragen.

Sheldrake erkannte meine Skepsis und auch seine Erklärungsversuche mit Untersuchungen von Hunden, die zu Hause unruhig werden, wenn ihre Herrchen sich im Büro aufmachten, nach Hause zu gehen oder Personen, die spüren sollten, wenn sie von hinten angestarrt werden, konnten mich nicht überzeugen. Die Idee, dass Sehen eine Art abtasten, also ein aktiver Vorgang sein soll, war zwar ein origineller Ansatz – wie sich später noch herausstellen sollte - aber es war alles in allem im wissenschaftlichen Sinn keine Theorie, denn es gibt eigentlich nichts, was experimentell überprüft werden könnte.

Mir kam das alles zu esoterisch und parawissenschaftlich vor und ich wollte mich nicht mit ihm streiten. So beendeten wir höflich unsere kurze Unterhaltung. Zum Schluss sagte Sheldrake noch zu mir: Schauen sie sich doch an, was der russische Biologe Alexander Gurwitsch zu diesem Thema herausgefunden hat!

Dazu sollte es aber vorläufig noch nicht kommen.

WIEN, ÖSTERREICH
UNI-KLINIK FÜR NEUROLOGIE

Als Dank für das überlebte Attentat im Jahr 1853 durch einen ungarischen Schneidergesellen, ließ der junge Kaiser Franz Josef I. an der Wiener Ringstraße am Alsergrund eine Kirche errichten. Diese Kirche ist mit ihren 99 m Höhe bis heute eines der bedeutendsten neugotischen Sakralbauwerke. Der Name der Kirche erinnert an die 300.000 Bürger der Monarchie, die sie dem Kaiser als Votivgabe, also als Dankgeschenk, errichten ließen. Für eine Gedenkfeier der Votivkirche sollte ich Fotos für einen Katalog liefern und begab mich daher nach Wien, erzählte Antonio Piarelli weiter.

Als ich mich der Kirche näherte, war ich von den zwei kolossalen Türmen der östlichen Fassade beeindruckt. Ich öffnete das Haupttor ganz vorsichtig, da ich die Andacht der Kirchenbesucher nicht stören wollte. Aber wie es schien, war niemand in der Kirche. Während ich durch das Hauptschiff der dreischiffigen Basilika schritt, streifte mein Blick immer wieder an die Decke, um das gewaltige Kreuzgewölbe zu bewundern. Ich wechselte auf halber Höhe in das nördliche Seitenschiff, welches durch Bündelpfeiler in Arkadenstellung vom Hauptschiff getrennt war. Am Ende des Seitenschiffes konnte ich eine Seitenkapelle erkennen, die bis in die Höhe der Vorhallen reichte. Im Seitenschiff war es fast finster, nur die Kapelle war vom Schein vieler Gedenkkerzen, die auf einem Eisenständer wie Lichterketten aneinandergereiht auf mehreren Etagen brannten, erleuchtet. Ich setzte mich auf eine Bank und holte meine Fotoutensilien heraus, um diese einzigartige Stimmung einzufangen.

Gerade in dem Moment als ich abdrücken wollte, erschrak ich fürchterlich, denn auf dem Monitor meiner Spiegelreflexkamera erschien plötzlich das Gesicht einer jungen Frau wie aus dem Nichts. Ich spürte meinen Herzschlag an den Schläfen hämmern und schaute vorsichtig über die Kamera.

Nichts – da war niemand. Die Kerzen in der Kapelle brannten wie vorher, es war niemand außer mir in der Kirche. Ich stellte meine Kamera auf dem Stativ wieder ein, zoomte das Motiv noch etwas näher heran und versuchte es ein weiteres Mal in der Hoffnung, nicht wieder von den Sinnen getäuscht zu werden. Mit einem kurzen Blick über die Kamera wollte ich mich vergewissern, dass wirklich niemand in der Nähe war – alles in Ordnung, dachte ich noch und dann passierte das Unglaubliche. Ich blickte zurück zum Monitor und schaute wieder in die Augen derselben Frau.

Ich bin doch nicht verrückt, dachte ich mir, schaute blitzschnell über die Kamera und konnte einen schmalen Schatten erkennen, der gerade in der Kapelle hinter einem Pfeiler verschwand. Leise schlich ich durch das Seitenschiff zur Kapelle vor und sah, wie die junge Frau eine Kerze vor einer Heiligenfigur an der Kapellenwand anzündete, davor stehen blieb und betete.

Ich wusste nicht, was dann in mir vorging, aber ich ging näher heran und sprach die junge Frau an: Sie müssen nicht traurig sein, ihrer Tochter geht es jetzt gut! Die Frau drehte sich langsam um und schaute mich misstrauisch und erschrocken an, als ob sie mich fragen wollte, woher ich denn wissen könne, dass ihre Tochter vor einigen Tagen nach einer langen Krankheit verstorben war. Nach einer Schrecksekunde lief sie schnell Richtung Haupttor und verschwand bereits nach wenigen Schritten im Dunkel der Kirche.

Verwirrt setzte ich mich auf eine Bank nieder und ließ die letzten Minuten Revue passieren. Woher konnte ich wissen, was die junge Frau gerade dachte? Ich habe mit ihr doch kein Wort gewechselt, sondern habe nur kurz in ihre Augen geschaut. Es gab keine plausible Erklärung für mein sonderbares Verhalten. Seltsame Gedanken gingen mir durch den Kopf – waren ihre Gebete so stark, dass ich womöglich in einer Art Telepathie darüber in Kenntnis gesetzt wurde?

Ich wusste, dass irgendetwas mit mir nicht stimmte. Dies wurde mir noch mehr bewusst, als ich aufstehen wollte. Ich wusste zwar, dass ich aufstehen sollte, aber ich konnte mich nicht dazu überwinden. So mussten sich die Überlebenden der europäischen Schlafkrankheit gefühlt haben. Wie lange dieser Zustand dauerte, weiß ich nicht. Erst die direkte Ansprache des Messdieners, der mich aufforderte, die Kirche zu verlassen, weil sie abgesperrt wird, riss mich aus meiner Apathie.

Wieder an der frischen Luft spazierte ich ein Stück, setzte mich auf eine Parkbank und glaubte, gleich verrückt zu werden. Dass ich mich im Siegmund Freud-Park befand, verbesserte die Situation auch nicht – zum Glück, beruhigte ich mich, war Freud doch nur einer der größten Scharlatane, die Wien je hervorgebracht hatte, denn er erzeugte zuerst ein Problem, um welches er sich dann liebevoll kümmerte und es zu lösen vorgaukelte. Eigentlich eine frühe verwandte Form des Münchhausen-Stellvertreter-Syndroms …

Hatte ich das alles gerade geträumt? Ich holte meinen Fotoapparat heraus, um die letzten Bilder anzuschauen. Da war sie wieder – in meinem Schrecken drückte ich unbewusst den Auslöser – ich schaute wieder in diese traurigen Augen und es war, als spiegelten sich ihre Gedanken darin. Ich glaubte endgültig den Verstand zu verlieren, denn immer mehr unkontrollierbare Gedankenfetzen beherrschten mich, bis ich mich an nichts mehr erinnern konnte.

Als ich meine Augen wieder öffnete, befand ich mich in einem Behandlungszimmer der Universitätsklinik für Neurologie. Sie wurden von Passanten bewusstlos auf einer Parkbank gefunden, erklärte mir ein junger Neurologe. Er hörte sich meine Schilderungen genau an. Seine Verwunderung war ihm anzumerken und er versuchte mir dann folgendes zu erklären:

Verlust der psychischen Selbstaktivierung, nannte Anfang der 1980-er Jahre ein französischer Neurologe erstmals ein ähnlich bizarres Verhalten. Diese Krankheit ist heute unter der Kurzbezeichnung PAP-Syndrom bekannt und wird mit einer Schädigung bestimmter Hirnregionen in Verbindung gebracht.

Mit dieser Erklärung machte er mir erst recht Angst und ich wollte genauer wissen, was er unter Schädigung des Gehirns meinte.

Lassen Sie es mich so erklären, fuhr er fort. Es gibt ein spezielles Netzwerk von Neuronen, welches limbische Schleife genannt wird. Dieses Neuronennetzwerk steuert, ob wir uns entschließen zu handeln oder nicht. Beim PAP-Syndrom ist genau diese Schleife beschädigt und die Informationen können von den Basalganglien nicht mehr zum Frontallappen weitergegeben werden, wodurch der Entschluss, etwas zu tun ausbleibt, denn die Basalganglien fungieren wie ein Schalter zur Aktivierung des Frontallappens, der unter anderem für die Handlungsentscheidung zuständig ist. Ein Handeln ist oft nur noch möglich, wenn der Patient angesprochen wird, da dann die limbische Schleife über das Sprachzentrum umgangen und der Frontallappen somit direkt aktiviert wird. Aber woher kommt diese Schädigung? fragte ich ungeduldig. Das kann verschiedene Ursachen wie Sauerstoffmangel oder ein Verschluss von Blutgefäßen, die diese Hirnregion versorgen, haben, versuchte er mich zu beruhigen. Es ist aber auch möglich, dass eine Hirnblutung oder ein Tumor dieses Syndrom verursachen. Eine sichere Diagnose ist aber nur mittels einer Magnetresonanztomographie möglich.

Ich willigte sofort ein und wurde einige Stationen weiter zur MRT-Untersuchung geschoben. Meine innere Unruhe verstärkte sich durch die fast halbstündige Untersuchung in der engen Röhre mit fixiertem Kopf und dem lauten Hämmern weiter. Umso mehr überraschte mich dann das anschließende Arztgespräch.

Der Neurologe projizierte ganz viele Schnittbilder auf eine Leuchtwand im Arztzimmer und sagte: Schauen Sie Herr Piarelli, die Hirnstrukturen der limbischen Schleife sind alle intakt – Sie haben daher nicht, wie ich zuerst vermutet habe, das PAP-Syndrom.

Bevor sich jedoch Erleichterung breit machen konnte, fuhr er mit einem ernsten Tonfall in der Stimme fort: Was mich jedoch beunruhigt, ist dieser Knoten. Er zeigte auf einen gut erkennbaren unregelmäßigen Punkt, der sich etwas hinter den Augen befand, und erklärte: Dieser Knoten wird als „Suprachiasamtischer Nucleus", kurz SCN, bezeichnet. Der unaussprechliche Name leitet sich aus dem Lateinischen von der Sehnervkreuzung, dem Ciasma opticum ab, denn der Knoten/Nucleus befindet sich direkt darüber/supra.

Normalerweise ist diese Region nur einige Millimeter groß und umfasst rund 50.000 Nervenzellen. Bei ihnen ist jedoch ein ungewöhnliches Größenwachstum zu verzeichnen. Ein Tumor in dieser Region kommt zwar äußerst selten vor, aber aufgrund der vorliegenden Untersuchungsdaten dürfte es sich um ein sogenanntes Glioblastom, also um einen Primärtumor im Gehirn, handeln. Eine Metastase ist eher auszuschließen, da in den MRT-Aufnahmen kein anderer Primärtumor zu entdecken ist.

Die von Ihnen geschilderte Begebenheit lässt sich neurologisch auch mit dem vergrößerten SCN in Verbindung bringen, denn dieser Knoten gibt im Körper den Takt an, er fungiert sozusagen als innere Uhr.

Und diese innere Uhr ist bei mir für eine Stunde stehen geblieben? wollte ich wissen.

Vereinfacht könnte man es so ausdrücken, bestätigte der Arzt meine Vermutung, man weiß nämlich erst seit einigen Jahren, wie diese Uhr funktioniert, denn erst vor kurzem entdeckte man eine neue Klasse lichtempfindlicher Zellen in der Netzhaut des Auges. Diese Zellen nennt man retinale Ganglionzellen. Einige von diesen Zellen enthalten ein lichtempfindliches Pigment. Registrieren diese Zellen nun Licht, verändert sich ihre elektrische Leitfähigkeit und der SCN empfängt diese Signale und übermittelt sie an weitere innere Uhren, die sich in beinahe alle Organen und Zellen befinden. Diese werden dann untereinander synchronisiert und regeln so den Tagesablauf.

Der SCN ist eine Art Master-Clock und fungiert somit als autonomer Rhythmus-Generator beispielsweise für den Schlaf- und Wachrhythmus. Interessant ist auch, dass diese neu entdeckten Zellen unabhängig vom eigentlichen Sehvorgang mit den bekannten Stäbchen und Zapfen arbeiten. Ein massives Wachstum des SCN könnte daher ungeahnte Auswirkungen auf diesen Taktgeber zur Folge haben.

Ich merkte, dass der Arzt versuchte, um das eigentliche Thema herumzureden und fragte ihn daher direkt: Ist dieser Tumor gefährlich?

Es ist so - Tumore des zentralen Nervensystems werden nach einer WHO-Klassifikation in vier Grade unterteilt, das heißt, je höher der Grad, desto schlechter ist die Prognose und Glioblastome gehören zum Grad IV.

Das bedeutet die schlechteste Diagnose, nicht wahr?

Ja leider, denn der Tumor ist an dieser Stelle inoperabel und nur eine Chemotherapie oder eine Bestrahlung würden als Therapieformen in Frage kommen, erklärte der Arzt ohne Umschweife. Diese Therapien können die Überlebenszeit jedoch nur um einige Monate verlängern.

Und um viele Monate geht es hier?

Bei ihrer Diagnose beträgt die mittlere Überlebensrate rund ein Jahr.

Als ich diese Prognose realisierte, überkam mich das gleiche seltsame Gefühl, wie in meiner Studienzeit, als ich Dostojewskis Roman Schuld und Sühne zu lesen begann. Ich hatte eine unerklärliche Angst, das dicke Buch nicht zu Ende lesen zu können, da ich damals an einer Art Zwangsvorstellung litt, nicht mehr lange zu leben. Jetzt glaubte ich, nicht genügend Zeit mehr zu haben, Antworten auf meine Fragen zu finden.

Da ich wieder in die Schweiz zurück musste, bat ich den Arzt, die Befundunterlagen für weitere Untersuchungen auf eine Diskette zu brennen. Eigentlich wollte ich in diesem Moment nicht weiter darüber nachdenken, verstaute die Diskette in einer Mappe und nahm sie die nächsten Wochen nicht mehr heraus.

Während der Rückfahrt mit dem Zug in die Schweiz las ich ein Buch, nickte einmal kurz ein und hatte einen seltsamen Traum, fuhr Antonio Piarelli fort. Ich war wieder auf der Beerdigung meiner an einem Autounfall verstorbenen Freundin Dominique. Ihr Sarg wurde von mehreren Männern getragen und vor der Kirche im Schatten dreier Fichten abgestellt. Dabei verrutschte der Deckel, der offensichtlich nur aufgesetzt, aber nicht verschlossen war. Es war nicht viel zu sehen, denn ihr Körper war mit einem weißen Tuch abgedeckt – der Blick auf ihr Gesicht wurde vom verschobenen Deckel verstellt – nur ihre Füße ragten unter dem Tuch heraus.

Ich stand seitlich am Sarg und beobachtete das ungeschickte Handtieren der Männer, die versuchten, den Deckel wieder auf den Sarg zu setzen. Dies sollte ihnen nicht gleich auf Anhieb gelingen, da der Sarg leicht schräg stand und der Deckel immer wieder abrutschte. Als ich dabei wieder einen Blick auf ihre Füße erhaschte, sah ich, dass sie sich bewegten. Ich drängte mich zum Sarg vor, schob den Deckel mit einem Ruck seitwärts, so, dass er mit einem lauten Knall auf den Steinboden donnerte, warf das weiße Tuch weg und schaute sie an.

Sie liegt da vor mir, dachte ich mir, wie eine schlafende Prinzessin aus einem Märchen – kalt wie der Winter, weiß wie der Schnee, sanft wie das Meer … Ich überlegte gerade, ob ich sie nun küssen müsse, damit sie endgültig aufwache, als jemand aufgeregt aus den Reihen der nun alle um den Sarg versammelten Trauergäste rief: Sie bewegt sich!

Er riss mich blitzschnell aus meinen träumerischen Gedanken. Als ich realisierte, dass sich die Finger ihrer rechten Hand tatsächlich deutlich erkennbar bewegt hatten, hob ich sie aus dem Sarg und drückte sie ganz fest an mich. Ich hörte jemanden rufen – Holt schnell einen Arzt – ruft die Rettung!

Sie braucht keinen Arzt, sagte ich ganz leise, sie braucht nur mich. Dann öffnete sie ihre Augen ganz kurz und flüsterte mir, für die anderen kaum hörbar, ins Ohr:

Ich bin immer bei Dir – ganz gleich wo du bist, denn wir bleiben für ewig verbunden!

Fahrkartenkontrolle! rief der Zugbegleiter beim Eintreten in den Großraumwagon so laut, dass auch der entfernteste Fahrgast aus dem Tiefschlaf gerissen wurde.

Nein – es war doch so schön. Ich presste meine Augenlider in der Hoffnung, sie noch einmal zu sehen, ganz fest zusammen, aber es waren nur ein paar verblassende Bilder, die ich noch für Augenblicke retten konnte. Mein Blick fiel wieder auf einen Artikel des russischen Biologen Alexander Gurwitsch, vor welchem ich eingenickt war.

Rupert Sheldrake erwähnte seinen Namen in London und so nahm ich mir ein Buch von ihm als Reiselektüre mit, um zu erfahren, was er vor fast einhundert Jahren herausgefunden haben soll. Und scheinbar inspiriert von seiner fabelhaften Entdeckung, formte sich daraus mein unheimlicher Traum, der so unsanft vom Zugbegleiter beendet wurde.

Alexander Gurwitsch, der Mitte des 20. Jahrhunderts verstarb, befasste sich wie Sheldrake mit Formbildungsprozessen. Eines Tages, als er die Zellteilung einer jungen Zwiebel untersuchte, fiel ihm auf, dass die Wurzelzellen an einer bestimmten Stelle dazu angeregt wurden, sich vermehrt zu teilen, wenn die Spitze einer zweiten frisch gekeimten Zwiebelwurzel eine Zeitlang auf diese Stelle ausgerichtet war. Beim Auszählen der Zellen der zu- und abgewandten Wurzelseite, betrug der Unterschied rund ein Viertel.

Aber wie konnten sich die Zwiebelwurzeln untereinander verständigen? Die damals schon bekannte Informationsübertragung durch Pheromone, also chemische Botenstoffe, wollte er ausschließen und so schirmte er die beiden Zwiebelwurzeln mit Gläsern ab. Und dann passierte etwas Mysteriöses. Verwendete er nämlich gewöhnliches Fensterglas, verschwand der Effekt umgehend. Nahm er jedoch Quarzglas, hielt er weiterhin an. So unwahrscheinlich es auch klingen mag, aber dies bedeutete, dass eine Strahlung im Bereich des ultravioletten Lichtspektrums im Spiel sein musste, denn Quarzglas ist im Unterschied zu Fensterglas dafür durchlässig.

Die Zwiebelwurzeln verständigten sich mittels Licht!

Er nannte diese Lichtaussendung mitogenetische Strahlung, da er annahm, dass sie die Zellteilung stimulieren könne. Bei weiteren Untersuchungen stellte er fest, dass seine Entdeckung ein allgegenwärtiges Phänomen darstellt, denn alle lebenden Zellen produzieren dieses Licht. Dies nachzuweisen, blieb ihm Zeit seines Lebens leider verwehrt, da er keine geeigneten Messgeräte zur Verfügung hatte. Er konnte das Phänomen nur beobachten, aber nicht erklären, wodurch es hervorgerufen wurde.

Der Ursprung dieser Strahlung sollte noch Jahrzehnte rätselhaft bleiben. Erst Anfang der 1960-er Jahre hatte ein italienischer Astronom eine einfache aber geniale Idee. Er richtete einfach einen Restlichtverstärker, der eigentlich dafür gebaut wurde, um entfernte Sterne zu beobachten, auf Pflanzenzellen wie Blätter und Keimlinge und konnte damit nachweisen, dass sie konstant ein schwaches Licht aussenden und bestätigte somit Gurwitschs Annahmen.

NEUSS, DEUTSCHLAND
INSTITUT FÜR BIOPHYSIK

Ein deutscher Biophysiker, Professor Fritz-Albert Popp, griff die fast in Vergessenheit geratene Entdeckung wieder auf und widmet sich seit den 1970-er Jahren intensiv der Erforschung dieses Lichtphänomens, welches er Biophotonenstrahlung nannte. Da ich erstmals das Gefühl hatte, mich vom tiefen Abgrund der Unkenntnis zu entfernen, beschloss ich, ihn in seinem Institut für Biophysik in Neuss zu besuchen, erklärte Antonio Piarelli.

Das Institut für Biophysik ist auf dem Gelände der ehemaligen Raketenstation Hombroich situiert, welches heute ein Museum in der Nähe von Holzheim auf dem Gebiet der Stadt Neuss ist und sich im Besitz der Stiftung Insel Hombroich befindet. Früher befand sich hier eine Raketenstation der NATO. Im Jahr 1994 erwarb ein deutscher Kunstmäzen das Areal und ließ die Gebäude umbauen und in weitere Folge neue Gebäude und Kunstobjekte darauf errichten.

Ich wartete eine Ewigkeit vor dem kleinen Bahnübergang, erzählte Antonio Piarelli, bis sich die Schranke öffnete. Nach einigen Schritten verschwanden die Sträucher, die den Weg begrenzten und gaben den Blick auf eine weite leere Landschaft frei.

Durch einen riesigen Betonhalbkreis, der nur an einer Stelle eine Öffnung hat, durch welche eine lange Allee führt, gelangte ich in das Gelände. Vorbei an einer seltsamen Betonskulptur und einer Art Wartehäuschen spazierte ich durch einen schmalen Durchgang und blickte auf eine glitzernde Wasserfläche, an deren Ende ein Glashaus um ein Betongebäude stand. Dann fielen mir zwei begehbare Skulpturen auf. Auf sechs gleichen sternförmig angeordneten Betonstehern befindet sich eine große Metallkuppel mit einem Loch in der Mitte, bei der zweiten Skulptur liegt die gleiche Metallkuppel umgekehrt wie ein Trichter auf den Betonteilen.

Ich war so fasziniert von diesem surrealen Freilichtmuseum, dass ich beinahe meinen Termin versäumt hätte. Aber das nächste Gebäude war bereits das Institut. Es handelt sich um ein backsteinziegelartiges kubistisches Gebäude mit einem Innenhof, wobei an zwei gegenüberliegenden Gebäudeecken im Erdgeschoß je ein Würfel fehlt, sodass ein Durchgang mit sonderbaren Licht- und Schattenspielen entsteht.

Wenn ich an leuchtende Organismen denke, fallen mir vor allem Leuchtkäfern ein, begann ich mein Gespräch mit dem Professor, der mich in seinem Institut erwartete. Einer meiner schönsten Augenblicke, die ich bisher erlebt hatte, war eine Fahrt in einem Boot durch die Glühwürmchenhöhle Waitomo Cave in Neuseeland. Nachdem sich meine Augen an die Dunkelheit gewöhnt hatten, erblickte ich Myriaden von Lichtern, die vom Wasser reflektiert wurden. Als ich nach oben schaute, entdeckte ich, dass die Höhlendecke mit Tausenden von Glühwürmchen bedeckt war, die ihr Licht in die Dunkelheit der Höhle verstrahlten.

Genau um dieses sichtbare Leuchten, die sogenannte Biolumineszenz, geht es hier nicht, unterbrach mich der Professor. Um Verwechslungen auszuschließen, habe ich die ultraschwache biologische Strahlung als Emission von Biophotonen bezeichnet. Dieses Licht, das Menschen ausstrahlen, ist rund tausendmal schwächer als unser Auge es wahrnehmen kann und entspricht etwa dem Licht einer Kerzenflamme in zwanzig Kilometer Entfernung. Die Wellenlänge erstreckt sich über den gesamten optischen Bereich vom sichtbaren Licht über Ultraviolett bis zu Infrarot, physikalisch gesprochen von 200 – 800 Nanometer. Ultraschwach bedeutet in diesem Zusammenhang, dass pro Sekunde über einem Quadratzentimeter Austrittsfläche lediglich ein paar bis einige hundert Photonen zu registrieren sind.

Aber wie kann man dieses Licht denn messen, wenn man es nicht sieht und was hat es für eine Bedeutung? wollte ich wissen.

Sichtbar wird dieses Licht mittels äußerst empfindlichen Kameras, die einen tiefgekühlten und damit sehr lichtempfindlichen Chip beherbergen, erklärte er. Diese Kameras sind in der Lage, ähnlich wie unser menschliches Auge, einzelne Lichtteilchen einzufangen.

Zu den faszinierenden Eigenschaften der Biophotonen gehört ihre Kohärenz. Das bedeutet, dass das Licht nicht diffus wie eine Glühbirne in alle Richtungen leuchtet, sondern gebündelt wie das Licht eines Laserstrahls im Gleichtakt schwingt. Solches Licht eignet sich dazu, Informationen zu übertragen. Biophotonen werden offenbar hauptsächlich von der Erbsubstanz DNS abgegeben.

Welchen Grund sehen Sie dafür? fragte ich verwundert.

Ich denke, das Licht ist der eigentliche Informationsträger des Lebens, fuhr er fort. Das Leuchten zeugt von einem extrem hohen Informationsaustausch in und zwischen den Zellen. In einer Zelle müssen circa 100.000 chemische Reaktionen pro Sekunde zum richtigen Zeitpunkt und an der richtigen Stelle gesteuert werden. Das bewerkstelligen meiner Meinung nach die Biophotonen. Die wichtigste Matrize, der sie diese gigantische Informationsflut entnehmen, ist die Erbsubstanz. Biophotonen regen Moleküle nicht nur zu chemischen Reaktionen an, sondern bewegen sie auch über elektromagnetische Feldkräfte in geeignete Positionen.

Ohne Biophotonen würden wir in kürzester Zeit in eine Art chemischen Zellbrei zusammensinken, lachte er.

Darüber hinaus werden die übrigen Zellen durch Biophotonen über das Geschehen im Zellverband informiert. Nur das ermöglicht eine geordnete Verständigung über Wachstum, Koordination und Differenzierung. Experimentell lässt sich das wie schon Gurtwisch mit Zwiebeln gezeigt hatte, durch zwei Gläser mit derselben Blutprobe nachweisen: Gibt man in das erste Glas einen Erreger, leiten auch die Blutzellen im zweiten Glas eine Abwehrreaktion ein. Dies unterbleibt, wenn man die Gläser mit einer lichtundurchlässigen Barriere voneinander trennt.

Was lässt sich aus der Strahlung ablesen, die ein Mensch abgibt? fragte ich interessiert.

Die Interpretation der biophotonischen Strahlung des Menschen steht noch ganz am Anfang, erklärte der Professor. Allerdings konnten wir bereits zeigen, dass die Lichtemissionen von Krebspatienten im Gegensatz zu gesunden Menschen stark asymmetrisch sind. Auch sind ungesunde Abweichungen vom Tag-Nacht-Rhythmus festzustellen, in dem unsere biophotonische Strahlung normalerweise schwingt. Dies alles scheint ein Hinweis darauf zu sein, dass bösartige Erkrankungen die lichtgesteuerte Kommunikation zwischen den Zellen stören.

In einer Studie konnten wir auch nachweisen, dass die Lichtausstrahlung stärker ist, wenn Menschen meditieren, führte er weiter aus. Besonders vom Gesicht wird dabei mehr Licht ausgestrahlt, aber auch beim Tod einer Zelle wird verstärkt Licht abgegeben.

Wollen sie an einem Experiment teilnehmen? fragte mich der Professor. Wir testen gerade eine neue CCD-Hochgeschwindigkeitsvideokamera, die in der Lage ist, bis zu einer Million Bilder pro Sekunde aufzunehmen. Um mit der Auflösung der Aufnahmen zu Recht zu kommen, probieren wir es vorerst mit kleinen Bildausschnitten. Da hatte der Professor natürlich mein Interesse als Fotograf geweckt und wir unterhielten uns über einige technische Details, bevor es losging.

Sie erklärten doch vorhin, dass vom Gesicht mehr Licht abgestrahlt wird. Könnte es sein, dass dieses Licht von den Augen ausgestrahlt wird? fragte ich laienhaft.

Das kann schon sein, denn das Computerprogramm hat lediglich die Photonenanzahl quantitativ ermittelt, aber wo diese genau hergekommen sind, wurde nicht erhoben. Aber wissen sie was – das finden wir gleich heraus, wenn sie sich als Versuchsobjekt zur Verfügung stellen.

Ich musste in einem völlig dunklen Raum Platz nehmen und nur in eine Kamera schauen. Der Professor wickelte mehrere Versuchsreihen ab. Einmal wurde mein Gesicht gefilmt, ein anderes Mal wurden nur meine Augen ins Visier der Kamera genommen.

Der Professor war ganz erstaunt über das Ergebnis dieses Experiments, denn auf dem Monitor konnte man auch ohne Computerauswertung bereits erkennen, dass von meinen Augen überdurchschnittlich viele Photonenemissionen ausgingen. Um die Ergebnisse abzusichern, drückte er einige Einzelbilder durch und es war erstaunlich, wie sich die Lichtpunkte änderten.

Ich fragte, ob ich diese Aufnahmen mitnehmen darf, denn diese Lichtbilder hatten etwas Mystisches an sich.

So spazierte ich mit einer DVD voller Lichtpunkte in der Jackentasche wieder durch den Museumspark zurück, setzte mich auf eine Bank unter einem Pflaumenbaum und schloss meine Augen.

Es muss etwas mit Licht zu tun haben, war ich überzeugt. Es wäre doch fabelhaft, wenn Menschen sich auch mittels Licht verständigen könnten!

Aber wie sollte das funktionieren? Da ich nur noch rudimentäre Erinnerungen an den Physikunterricht hatte, wollte ich mich mit einem Schulfreund treffen, der Physik studiert hatte und nebenbei als Hobbyastronom in Lausanne arbeitet.

NYON, SCHWEIZ
HOTEL CLOS DE SADEX

Es war ein warmer klarer Sommerabend, als ich von Lausanne in nördliche Richtung zur Société Vaudoise d'Astronomie die enge Straße hinauffuhr. Ich versuchte durch die Windschutzscheibe oben am Himmel Sterne zu entdecken, aber es war noch ein bisschen zu hell. Nur die Venus leuchtete hell als Abendstern am Horizont. Es war mir immer ein Rätsel, wie man herausfinden konnte, dass es sich beim Abendstern um denselben Planeten wie beim Morgenstern handelt. Da die

Venus die Sonne auf einer inneren Bahn umkreist, steht sie einige Stunden vor dem Sonnenaufgang am Himmel und verlässt ihn erst nach dem Sonnenuntergang. Vielleicht lag es daran, dass die Venus nie gegen Mitternacht am Himmel zu sehen ist, weil sie die Sonne zu nahe umkreist?

Von weitem konnte ich meinen alten Schulfreund Andre, der mich beim Aufgang zum Observatorium erwartete, in der hereinbrechenden Dämmerung an seiner typischen Körperhaltung erkennen, erzählte Antonio weiter.

Zum Glück findet heute kein Fußballspiel statt, scherzte ich, während wir die wenigen Stiegen zum Hauptgebäude der Sternwarte mit dem typischen Kuppelaufbau hinauf gingen, denn das Observatorium befindet sich unmittelbar neben dem Fußballstadion.

Nein, keine Angst, da haben wir eine Vereinbarung mit dem Fußballverein, da am Freitagabend unsere Anlage immer für Besucher geöffnet ist, denn bei Flutlicht verwechselt man sogar den Mond mit einem Scheinwerfer am nächtlichen Himmel!

Möchtest du einmal durch unser neues 40 cm Meade Teleskop schauen? fragte mich Andre.

Ja gerne, ich war schon so lange nicht mehr hier.

Glaubst du, dass ein geliebter Mensch nach seinem Tod als Stern wiedergeboren wird? fragte ich ihn, ohne eine ernste Antwort von einem Astronomen zu erwarten, während ich die tausenden Sterne um den Cirrusnebel im Sternbild Cygnus betrachtete.

Er wusste, woran ich dachte und erklärte mir nach einer kurzen Pause, dass dies keine gute Idee wäre, denn auch Sterne würden nicht ewig leuchten.

Sterne werden geboren, leben ihr Leben und sterben – genau wie wir Menschen! sagte er pathetisch.

Ich war überrascht, denn ich glaubte, dass Sterne ewig leuchten.

Sterne entstehen aus interstellaren Staubwolken, fuhr er fort. Wegen der Schwerkraft stürzt eine solche Wolke in sich zusammen. Verdichtet sich die Staubwolke, so wärmt sie sich auf. Schließlich steigt die Temperatur in ihrem Inneren dermaßen an, dass eine Kernfusion gezündet und ein Stern geboren wird. Dabei ist ein Paradoxon zu beobachten, denn große Sterne leben schnell und sterben jung, da sie sich gegen die größere Schwerkraft mit einem erhöhten Brennstoffverbrauch wehren müssen, um das Gleichgewicht zu halten.

Große Sterne leben schnell und sterben jung - der Club 27 lässt grüßen! ging mir durch den Kopf.

Will man nun voraussagen, wie das letzte Lebensstadium eines Sterns aussieht, so kommt es nur auf dessen Größe an, erklärte er weiter. Sterne wie unsere Sonne dehnen sich zu roten Riesen aus, ziehen sich dann zu weißen Zwergen zusammen und verbleiben in diesem Stadium. Wesentlich größere Sterne sterben als Supernova.

Das, was du gerade im Teleskop siehst, sind die Überreste einer Supernova, die vor rund 18.000 Jahren in

einer sicheren Entfernung von 1.500 Lichtjahren statt-
fand. Hat ein großer Stern nämlich seinen Wasserstoff
und sein Helium verbraucht, so schrumpft er weiter und
erwärmt sich dabei. Die erhöhte Temperatur führt zur
Verbrennung von Helium, dann von Kohle, danach von
Silizium und schließlich entsteht Eisen. Eisen ist die
letzte atomare Asche.

Es ist ein faszinierender Gedanke, dass das Kalzium in
unseren Knochen, das Eisen in unserem Blut und der
Kohlenstoff in unserem Gewebe ihren Ursprung in
einem Stern, am wahrscheinlichsten in einer Supernova
irgendwo im Universum haben, sagte er nachdenklich
und schaute in den dunklen Himmel. Schlussendlich
stürzt das Zentrum eines großen Sterns wegen der
Schwerkraft zusammen und der Stern zerreißt in einer
gewaltigen Explosion, die für kurze Zeit eine ganze
Galaxie zu überstrahlen vermag. Er gibt dabei Energie
und Materie ans Weltall ab und schafft somit die Basis
zur Entstehung neuer Sterne.

Auf atomarer Ebene könnte man somit tatsächlich als
Stern enden! schmunzelte Andre. Jetzt aber genug, sonst
halte ich dir noch einen Astronomievortrag. Wolltest du
nicht über das Phänomen Licht mit mir sprechen?

Ja, ich glaube wir sind schon mittendrin. Zeigt nicht
gerade die Astronomie wie Erkenntnisgewinn und Licht
zusammenhängen?

Da hast du Recht, denn alles, was man über die Entstehung des Universums herausgefunden hat, basiert auf
Informationen, die uns Licht mit verschiedenen Wellen-
längen aus den Tiefen des Kosmos übermittelt hat. Aus

den verschiedenen Spektrallinien von Sternenlicht lässt sich die chemische Zusammensetzung von Sternen ablesen oder aus der sogenannten Rotverschiebung des Lichts ferner Galaxien lässt sich ableiten, dass sich das Universum ausdehnt. Sogar die Existenz von schwarzen Löchern verrät sich durch Licht, welches in den Gravitationsstrudel gerät und von diesem verschlungen wird.

Ich glaube wir führen unser Gespräch auf der Terrasse des Hotels Clos de Sadex in Nyon bei einem kühlen La Côte, vielleicht einem Domaine du Marthèray fort, unterbrach ich Andre.

Clos de Sadex? - Ich war seit über zwanzig Jahren nicht mehr dort – warte - ich schließe nur noch schnell ab und dann können wir losfahren.

Während der halbstündigen Fahrt von Lausanne nach Nyon begann Andre plötzlich ein Gespräch. Antonio, kannst du dich noch erinnern, als wir alle auf dem Paléo-Festival in Nyon waren? In welchem Jahr war das eigentlich?

Das weiß ich noch ganz genau, es war im Juli 1986, denn in diesem Jahr absolvierte Dominique ihr Hotelfachpraktikum im Clos de Sadex, antwortete ich prompt. 1986 wurde das Festival auch erstmals in Palèo-Festival umgetauft, das habe ich mir gemerkt, denn so hieß ein Rennpferd, das dem Festival seinen Namen gab.

Heute ist es das größte Freiluftfestival der Schweiz mit vielseitigen Musikstilen, das jährlich um die 200.000 Besucher anlockt. Damals war es auch noch nicht auf dem zehn Hektar großen Weidegelände im Norden der Stadt, sondern es fand an einem magischen Ort am Wasser statt und der Festivalplatz fasste auch nur rund die Hälfte der heutigen Besucher, erinnerte sich Andre.

Aber die Künstler konnten sich trotzdem sehen lassen. James Brown eröffnete das Festival, die Chansonnièren Catherine Lara und Véronique Sanson sowie Indochine verzauberten auf zwei Bühnen die Zuschauer, ergänzte ich stolz. Und natürlich der unvergessliche Auftritt der legendären Nina Hagen. Ich glaube, insgesamt waren an den drei Tagen über 40 Auftritte verschiedenster Künstler.

In den 1980er Jahren waren wir wirklich Festivalnomaden, reisten von einem Event zum anderen, lachte Andre. Welches hat dir eigentlich am besten gefallen?

Rückblickend betrachtet hat mich das Chanson- und Pop Festival Kärnten-International 1983 am Meisten berührt, sinnierte ich. Vielleicht kannst du dich noch erinnern - damals hat die ungarische Band Karthago mit ihrem wunderschönen Lied *Requiem* den ersten Platz belegt. Die ansonsten eher durch Hardrock aufgefallene Gruppe widmete diese einfühlsame Ballade einem Jungen, der während eines ihrer Konzerte an Herzversagen verstarb.

Bei Dominiques Requiem nur einige Jahre später fiel mir dieses Lied wieder ein und eine abgewandelte Textpassage kreiste endlos in meinen Gedanken: She came when all the lights were shinnig, she went away and the sky was falling, dark shadow's talking. She'll never come no more! Never come no more …

Vergiss nicht nach der Tankstelle an der nächsten Kreuzung links abzubiegen und gleich wieder links ist die Einfahrt zum Hotel, unterbrach Andre meine eigenwillige Karthagointerpretation.

Mittlerweile war es schon ganz dunkel geworden und während wir die geschwungene Zufahrtsstraße zum Hotel entlang fuhren, erinnerte ich mich an die zwei großen Blutbuchen vor dem Eingang, die gleich auftauchen müssten, aber im schwachen Licht der Laternen erschienen mir diese Bäume mit ihren langen breiten Schatten heute erstmals fast bedrohlich. Es war, als wollten sie mir sagen:

Es gibt kein zweites erstes Mal! Pass auf - Du kannst deine schönen Erinnerungen von diesem Ort nicht wiederholen!

Das Clos de Sadex wurde im 18. Jahrhundert als privater Wohnsitz im Stil alter Patrizierhäuser in Nyon, einer schmucken Kleinstadt mit historischer Vergangenheit, direkt am Genfersee erstellt. Erst in den 1950er Jahren wurde es von den Besitzern in eine wunderschöne Hotelanlage umgebaut, die von den Gästen auch aufgrund der familiären Atmosphäre geschätzt wird.

Das Hotel besteht aus dem ehemaligen Wohngebäude und einem Pavillon, welcher mittlerweile mit dem Hauptgebäude räumlich verbunden wurde. Zwischen dem Gebäudetrakt und dem Uferbereich befindet sich eine der eindrucksvollsten Gartenanlagen am Genfersee. Ein Rosenmeer erstreckt sich über die ganze Liegenschaft bis zum angeschlossenen Privathafen, der sich vor dem Pavillon befindet. Vor dem ehemaligen Wohngebäude gelangt man über mehrere Etagen mit englischen Rasenflächen direkt zum See.

Ich schickte Andre gleich zur Terrasse des Hotels vor, um eine Flasche Wein zu bestellen, denn ich musste noch schnell einchecken. Alles war wie früher, denn der Eingangsbereich hatte sich während der letzten zwanzig Jahre nicht im Geringsten verändert. Das war wohl auch der Grund dafür, warum mich das gleiche Prickeln wie früher überkam, bevor ich um die Ecke die Rezeption erreichte – denn ich hatte das seltsame Gefühl, dass sie mich gleich anlächeln und schnell ein Buch über eine ihrer Zeichnungen schieben würde, mit denen sie sich die Zeit in den langweiligen Nachtstunden tot schlug. Aber die bedrohlichen Schatten der Blutbuchen reichten bis in die Aula des Hotels, denn das "Herzlich Willkommen im Clos de Sadex" der Rezeptionsdame klang irgendwie fremd und holte mich wieder in die Gegenwart zurück.

Andre blickte gespannt auf den See, als ich mich auf der Terrasse zu ihm setzte. Was siehst du da unten? fragte ich ihn, da er weiterhin ganz konzentriert auf die glitzernde Wasseroberfläche schaute und mich nicht bemerkte. Ich habe einen Schwan entdeckt und musste schmunzeln, denn vor einer Stunde haben wir im Sternbild Cygnus unser Gespräch über Licht begonnen und können es nun ohne Unterbrechung weiterführen. Was hat der Schwan denn mit dem Sternbild Cygnus zu tun? wollte ich wissen. Cygnus ist die lateinische Form des griechischen Kykons und das bedeutet Schwan! lachte er.

Wenn wir schon dabei sind: Was ist Licht? fragte ich Andre, während ich mir auch ein Glas Wein einschenkte. Da könntest du mich gleich fragen, was Liebe ist, entgegnete er. Das Wesen des Lichts konnte, wie auch das Wesen der Liebe, bis heute nicht ergründet werden, es lässt sich nur beschreiben. Und da haben wir Physiker im Gegensatz zu den Psychologen einen entscheidenden Vorteil. Licht besitzt nämlich nur zwei Eigenschaften, für Liebe werden täglich neue gefunden.

Licht kann entweder als Welle oder als Teilchen beschrieben werden, je nachdem, welche Eigenschaft man untersucht.

Wie soll das gehen, dass Licht gleichzeitig eine Welle und ein Teilchen ist?

In bestimmten Situationen verhält sich Licht wie eine Welle und in anderen wie ein Teilchen. Schau, da unten auf das Wasser. Der Schwan erzeugt durch seine Bewegung kleine konzentrische Wasserwellen, die sich auf das Ufer zubewegen. Ein Käfer am Ufer hat eine andere Perspektive und kann keine Welle erkennen, die auf ihn zurast, sondern wird ganz plötzlich von einem Wasserstoß zurückgeworfen. Die Wasserwelle ist nur eine Analogie, aber auch hier kann Wasser einerseits als Welle beschrieben werden und andererseits als Teilchen in Form eines Stoßes, es kommt nur darauf an, aus welcher Perspektive man es betrachtet.

Bleiben wir vorerst bei der Beschreibung als Welle. Der britische Physiker James Maxwell hat Licht als elektromagnetisches Phänomen beschrieben und damit ausgedrückt, dass Licht aus Wellen besteht, in denen elektrische und magnetische Felder mit einer bestimmten Frequenz schwingen und sich ausbreiten.

Damit hat er das Licht aber entzaubert, denn das sichtbare Licht ist demnach nicht verschieden von anderen elektromagnetischen Wellen wie Radio- und Mobilfunkwellen oder Röntgen- und Gammastrahlen. Sie unterscheiden sich nur in der Frequenz, also wie viele Schwingungen pro Sekunde stattfinden, und in der Wellenlänge, womit die Distanz beschrieben wird, die eine Welle in einer bestimmten Zeit zurücklegt. Interessant dabei ist, dass, wenn die Frequenz mit der Wellenlänge multipliziert wird, für jede elektromagnetische Welle der Wert der Lichtgeschwindigkeit herauskommt. Und so rasen Millionen von verschiedenen elektromagnetischen Wellen, zu denen auch das sichtbare Licht gehört, im Universum mit einer Höchstgeschwindigkeit von rund 300.000 Meter in der Sekunde umher, ohne sich gegenseitig zu beeinflussen.

Das heißt, wenn ein Astronaut auf dem Mond eine Taschenlampe einschaltet, sieht man auf der Erde das Licht erst rund eine Sekunde später, denn der Mond umkreist mit einem durchschnittlichen Abstand von 385.000 km die Erde. Das Sonnenlicht benötigt sogar fast acht Minuten, bis wir es sehen können, erklärte Andre weiter.

Das passt mir aber gar nicht, entgegnete ich. Ich weiß schon, dass Einstein herausgefunden haben soll, dass sich nichts schneller als mit Lichtgeschwindigkeit bewegen kann, somit auch keine Informationen schneller übertragen werden können, aber ich habe einmal folgende Geschichte gelesen:

Lassen wir einmal außer Acht, dass sich die Erde um sich selbst und der Mond sich um die Erde dreht und stellen uns einfach die Erde und den Mond in einem statischen Drahtmodell wie in der Schulzeit vor. Du sitzt in einer Mondstation und wartest auf Besuch von der Erde. Plötzlich klingelt es an der Tür und eine Sekunde später läutet dein Telefon. Als du jedoch die Türe öffnest, siehst du nur einen unglaublich langen Stab, der bis zur Erde reicht, welcher soeben die Türglocke betätigt hatte. Ich wollte dir nämlich von der Erde aus einen Streich spielen und habe mit dem langen Stab auf deine Türglocke gedrückt und dich gleichzeitig angerufen.

So und jetzt erklär mir einmal, wie es sein kann, dass du die Türglocke früher als das Telefon hören konntest, wenn sich keine Information schneller als Licht fortbewegen kann, denn im selben Moment als ich meinen theoretischen Stab um einen Zentimeter bewegte, klingelte in 380.000 km Entfernung die Türglocke, das Funksignal des Telefons erreichte dich aber erst mit Lichtgeschwindigkeit eine Sekunde später. Um es mit deinen Worten zu sagen, auf der Sonne hättest du in der Zeit zwischen der Türglocke und dem Telefonläuten locker einen Kaffee samt Kuchen verspeisen können. Von wegen, nichts ist schneller als die Lichtgeschwindigkeit – Vergiss deinen Einstein! lachte ich.

Einstein hatte in der Tat Probleme mit Synchronisationsgeschichten, die aber nicht im Wellenteil sondern im Teilchenteil des Lichtes ansiedelt sind, wirkte Andre recht gefasst auf das Gedankenexperiment. Davon erzähle ich dir gleich mehr, aber nun zu deiner hinterlistigen Geschichte. Auf den ersten Blick hast du vollkommen Recht, aber das Problem liegt in der Informationsübertragung. Du beginnst deine Geschichte nämlich damit, dass ich auf dem Mond auf Besuch von der Erde warte. Aber woher konnte ich wissen, dass mich jemand besuchen will? Diese Information, die ich nur vorher mittels Funk bekommen haben konnte, also mit Lichtgeschwindigkeit, war Voraussetzung dafür, dass ich wissen konnte, was die Türklingel bedeuten soll.

Ja gut, aber was wäre, wenn ich dir über den Stab Morsezeichen mit der Türklingel übermittelt hätte?

Da liegt das Problem genau gleich, denn ich muss vorerst eine Dechiffrierliste haben, um die kurzen und langen Töne in Buchstaben zu übersetzen, ansonsten sind die Tonfolgen bedeutungslos! Diese Liste kann ich auch nur über elektromagnetische Wellen übermittelt bekommen. Aber wieso interessiert dich die gleichzeitige Informationsübertragung so brennend? wollte Andre wissen.

Das erzähle ich dir später – du hast vorher erwähnt, dass es so etwas wie Gleichzeitig in der Quantenphysik gibt und Einstein damit keine Freude gehabt habe.

Das stimmt, aber da muss ich dir erst noch etwas über die Teilchennatur des Lichtes erzählen. Seit dem Doppelspaltversuch von Thomas Young war allgemein bekannt, dass sich Licht wie eine Welle verhält. Diese Ansicht änderte sich schlagartig, als Max Planck darüber nachdachte, warum sein schwarzer Eisenofen plötzlich orange-rot zu leuchten beginnt, wenn man ihm zu viel Zunder gibt. Das gleiche Phänomen konnte er beim Schmid beobachten – da leuchtete die Spitze eines Eisenstabes hell, wenn er aus den glühenden Kohlen geholt und bearbeitet wurde. Aber wie konnte ein Stück schwarzes Eisen plötzlich leuchten? Irgendwie musste das Licht schon im Eisen sein, denn wie sollte es sonst herausstrahlen können?

Max Planck stellte fest, dass Licht aus kleinen Energieportionen bestehen musste, den sogenannten Quanten und legte so den Grundstein für die Quantentheorie. In verschiedenen Experimenten, wie dem Herausschlagen von Elektronen aus Metalloberflächen, verhält sich Licht tatsächlich wie ein Schauer aus Partikeln. Albert Einstein hat bahnbrechende Arbeiten zur Teilchennatur des Lichts über diesen sogenannten photoelektrischen Effekt geschaffen.

Was sind jetzt aber eigentlich Photonen? wollte ich wissen, denn die vielen Begriffe verwirrten mich zunehmend.

Die Physiker bezeichnen innerhalb des Teilchenbildes Photonen als die kleinsten Einheiten des Lichts, erklärte Andre. Photonen wird sogar eine Masse zugeordnet. Im Unterschied zu Materie wie du und ich haben Photonen aber keine Ruhemasse, sie können sich nur mit Lichtgeschwindigkeit ausbreiten.

Und jetzt wird es nochmals kompliziert, denn Physiker haben herausgefunden, dass sich Licht in Materie verwandeln kann oder umgekehrt. Das wird mit der bekannten Formel von Albert Einstein ausgedrückt: $E = m \times c^2$, wobei Materie der Masse m in elektromagnetische Wellen der Energie E umgewandelt werden kann - das c steht für die Lichtgeschwindigkeit. Lichtenergie kann aus Materie geboren werden! Somit konnte Max Plack erklären, warum sein schwarzer Eisenofen plötzlich leuchten konnte.

Jetzt möchte ich aber wirklich wissen, warum du dich für solche Dinge so interessierst, unterbrach Andre seine Ausführungen.

Weißt du wie lange die Gegenwart dauert? begann ich meinen Erklärungsversuch. Es kommt darauf an, wem du diese Frage stellst, entgegnete er. Für einen Historiker wird das vielleicht der heutige Tag sein, ein Physiker versteht darunter das kürzeste messbare Intervall im Bereich von milliardstel Sekunden.

Da hast du Recht – ich meinte eigentlich die Wahrnehmung der Gegenwart, die dauert nämlich rund 2,7 Sekunden. Das Leben ist, um in deinem Jargon zu sprechen, quasi in drei Sekundenpakte quantisiert, wobei die Wahrnehmung von zeitlichen Folgen natürlich im Millisekundenbereich und die der Zeitintervalle wie der Reaktionszeit mit Bereich bis zu 1,5 Sekunden liegt. Lach mich nicht aus, wenn ich dir nun das Folgende erzähle.

Seit dem Tod von Dominique quälen mich zwei Fragen, die ich bis heute nicht beantworten konnte. Beim letzten Treffen, bevor sie starb, schauten wir uns seltsam tief in die Augen und ich wusste in diesem Augenblick, dass es das letzte Mal sein wird. In den folgenden Jahren stellte ich dann ein unheimliches Phänomen an mir fest, denn ich konnte in bestimmten Situationen in den Augen anderer Menschen lesen, was sie dachten. Das Verrückte aber war, dass das nichts mit der Mimik oder Gestik zu tun hatte, denn durch meinen Beruf als Fotograf hatte ich die Gelegenheit, nur die Augen anderer Menschen zu betrachten.

Sei froh, dass du nicht im Mittelalter lebst, denn dann würde man dir den Bösen Blick unterstellen. Damals dachte man auch, dass gewisse Menschen die Fähigkeit besitzen, durch bloßes Ansehen anderen Personen oder Dingen Schaden zuzufügen.

Das stimmt, aber wenn man dieses Phänomen kulturhistorisch betrachtet, bekommt es eine unheimliche Dimension, denn von allen Formen des Aberglaubens ist diejenige des bösen Blicks die verbreitetste und älteste und reicht bis in prähistorische Zeiten zurück. Schon auf Keilschrifttafeln der Sumerer vor 5.000 Jahren war nämlich das Wort IG-HUL zu lesen, was böses Auge bedeutet. Irgendwie hatten die Menschen offensichtlich Angst vor bösen Strahlen, die von einer Person zur anderen über die Augen übertragen werden können.

Wirst du im Alter jetzt noch abergläubisch? fragte mich Andre leicht besorgt. Nein, keine Angst, ich wollte dir nur zeigen, dass es dieses Phänomen schon lange gibt. Ich habe mich erst damit beschäftigt, als man bei mir einen Gehirntumor in einer Region festgestellt hat, welche das Zeitempfinden regelt. Dadurch wird meine Zeitwahrnehmung immer mehr gestört und ich kann, wie man in der Zwischenzeit herausgefunden hat, mehr Bilder in einem Zeitintervall verarbeiten als der Durchschnitt der Menschen.

Diese fortschreitende Erkrankung muss mit dem Phänomen zu tun haben, dass ich Informationen aus den Augen anderer Menschen lesen kann, obwohl dies wissenschaftlich nicht erklärbar ist. Und nachdem es außer dem Licht keine Verbindung zwischen den Augen gibt, glaube ich, dass die Informationsübertragung eben über das Licht erfolgen muss.

Andre schaute mich verwundert an. Ich wusste nicht, welcher Teil meiner Erzählung ihn mehr beschäftigte – der Gehirntumor oder meine abenteuerliche These über die Gedankenübertragung mittels Licht – aber bevor er fragen konnte, fuhr ich fort.

Die zweite Begebenheit, die mich seither beschäftigt ist die Tatsache, dass ich fünfzig Kilometer entfernt spürte, dass etwas Schreckliches mit ihr passiert war und ich zwei Stunden später per Telefon darüber informiert wurde, dass sie vor kurzem an den Folgen eines Auto-unfalls verstorben war.

Diese beiden Erfahrungen dürfte es doch nach derzeiti-gem wissenschaftlichen Stand nicht geben, nicht wahr? fragte ich Andre.

Aus physikalischer Sicht jedenfalls nicht, erwiderte er. Aber langsam machst du mir Angst. Ich habe nämlich vor kurzem die Geschichte von Percy King gelesen. Dieser glaubte in den 1940er Jahren, dass er von einer Gruppe Jugendlicher in den Straßen von New York verfolgt wurde. Er flüchtete in die U-Bahn, hörte aber immer wieder Stimmen, die riefen: Wir erwischen dich – du kannst uns nicht entkommen. Überall, wo er Aus-stieg, waren die Verfolger schon da. Er sah sie zwar nicht, aber er hörte sie.

Da er fest davon überzeugt war, dass diese Stimmen real sind, entwickelte er eine interessante Theorie. Er glaubte, dass einige der Verfolger von ihren Eltern die okkulte Macht geerbt hatten, nicht nur Gedanken zu lesen, sondern auch ihre Radiostimmen mühelos über hunderte Kilometer ohne laut zu sprechen projizieren zu können. Die Fähigkeit, ihre Gedanken in elektromagnetische Radiowellen zu verwandeln, führte er auf die natürliche Körperelektrizität zurück, die bei diesen Personen im Übermaß vorhanden war. Das Eisen in den roten Blutkörperchen wird dabei von den Stimmbändern magnetisiert. Die dabei erzeugten Radiowellen können vom menschlichen Gehör Kilometer entfernt ohne weitere Verstärkung aufgefangen werden und erlauben daher ein Zwiegespräch unausgesprochener Gedanken. Er fügte dieser Erklärung noch hinzu, dass man über solche Dinge besser nicht mit Kollegen sprechen sollte, weil man sonst für geisteskrank gehalten würde.

Was ist aus ihm geworden?

Das ist das tragische an dieser Geschichte, denn er wusste ja selbst genau, dass Menschen, die akustische Halluzinationen haben, sich einbilden, Dinge zu hören. Aber er war vollkommen überzeugt, dass die Stimmen, die er hörte, real waren und dass er das größte psychische Phänomen entschlüsselt hatte. Er wurde schlussendlich in die Psychiatrie mit der Diagnose Schizophrenie eingewiesen. Bei Halluzinationen, die bei Schizophrenie auftreten, kann das Gehirn nämlich eine falsche mentale Welt erschaffen, die für den Betroffenen als real gehalten wird.

Aber es könnte doch sein, dass ein Paranoider tatsächlich verfolgt wird – wer glaubt dann wem? erwiderte ich.

Du kannst mir glauben, dass ich selbst schon an mir gezweifelt habe, ob ich nicht verrückt bin. Aber da ich festgestellt habe, dass diese Phänomene weltumspannend auftreten, bin ich noch beruhigt. Aber wenn du gerade von akustischen Halluzinationen sprichst. Ich habe mich bei meinen Recherchen auch mit Schizophrenie beschäftigt und dabei eine interessante Entdeckung gemacht.

Ich bin darauf gekommen, warum man sich Gott und sämtliche Propheten weltweit als Männer vorstellt!

Weibliche Stimmen werden nämlich in der Hörregion verarbeitet, männliche Stimmen jedoch im „Inneren Auge" im hinteren Teil des Gehirns. Die weibliche Stimme ist demnach viel komplexer als die Männliche, was bei akustischen Halluzinationen dazu führt, dass das Gehirn lieber die einfach zu kodierende männliche Stimme erzeugt. Oft sind unlösbar scheinende Phänomene so einfach aufzuklären.

Gehen wir einmal hypothetisch davon aus, dass an deiner These der Informationsübertragung mittels Licht durch bloßen Blickkontakt etwas dran ist, dann hast du mehrere Probleme zu lösen. Wie du bereits aus dem Mondbeispiel gelernt hast, setzt die Übertragung von Information voraus, dass der andere bereits eine Dechiffrieranleitung besitzt. Ferner musst du einen Weg finden, wie das Licht im Gehirn erzeugt und mit Information ausgestattet wird und wie es das Auge wieder verlässt.

Zu deiner Synchronisationsfrage erzähle ich dir vorerst etwas über Quantenphysik und habe dann ebenfalls einige Aufgaben für dich bereit.

Wenn man sich in die Tiefen der Quantenphysik wagt, begibt man sich in eine Welt von Zuständen und Wahrscheinlichkeiten. Der Ort und der Impuls eines Ereignisses sind nicht wie im täglichen Leben messbar.

Wir sitzen hier auf der Terrasse des Hotels Clos de Sadex am Genfersee um 23:33 Uhr und unterhalten uns mitten in der dunklen Nacht über Licht. In der Welt der Quantenphysik wäre eine solche Feststellung unmöglich, denn sie befasst sich mit den kleinsten Teilen im atomaren Bereich. Und auf atomarer Ebene kann man den gesunden Menschenverstand getrost über Bord werfen, denn Elektronen verhalten sich gänzlich anders als man erwarten könnte. Die *Heisenbergsche Unschärferelation* besagt nämlich, dass jeweils zwei Messgrößen eines Teilchens nicht gleichzeitig beliebig genau bestimmbar sind. Da aber Elektronen auch Bestandteile von Atomen sind, diese wiederum von Molekülen und so weiter, beschreibt die Quantentheorie auch die Grundlagen der Chemie und des Lebens.

Zur Frage wie nun Licht und Materie wechselwirken, wurde am Beginn des 20. Jahrhunderts eine neue Theorie entwickelt, die sogenannte Quantenelektrodynamik. Diese Theorie beschreibt alle Phänomene mit Ausnahme der Gravitation und der Radioaktivität. Und in der Welt der Quantenelektrodynamik müssen sich die Physiker von absoluten Vorhersagen verabschieden und sich stattdessen mit der Berechnung der Wahrscheinlichkeit des Eintritts eines Ereignisses begnügen. Sie verwenden dazu Pfeile, sogenannte Vektoren, die sie je nach Anlass den vier Grundrechnungsarten unterziehen und sie erkennen dann aus den über den Pfeilen gezeichneten Quadraten die Eintrittswahrscheinlichkeit eines Ereignisses. Wenn du also erfahren willst, wie Lichtphotonen mit Materie interagieren, musst du dich mit der Quantenelektrodynamik und deren Wahrscheinlichkeitsquadraten auseinandersetzen, lachte Andre.

Einstein ist aber auf ein noch merkwürdigeres Phänomen in der Quantenphysik gestoßen, welches er als spukhafte Fernwirkung bezeichnete, um sich auch gleich wieder davon zu verabschieden, denn dieses Phänomen, das heute nach Erwin Schrödinger als Verschränkung bezeichnet wird, schien seine Lichtgeschwindigkeitstheorie zu untergraben.

Du meinst, dass sich keine Information schneller als mit Lichtgeschwindigkeit ausbreiten kann?

Ja, denn in der Quantenphysik hat man die seltsame Entdeckung gemacht, dass zwei Teilchen nach einer Wechselwirkung sich in einem gemeinsamen Zustand befinden können.

Das klingt nach einem frisch verliebten Paar. Da kann man auch mit recht hoher Wahrscheinlichkeit vorhersagen, dass beide unentwegt an einander denken, ganz gleich, wie weit sie voneinander entfernt sind, nicht wahr?

Da lässt du leider außer Acht, dass wir uns hier im subatomaren Bereich und nicht im Makrokosmos befinden, denn Systeme wie Menschen, ja sogar Moleküle lassen sich nicht verschränken. Das funktioniert nämlich so:

Man nutzt den doppelbrechenden Kristall Kalkspat, der in der Lage ist, aus einem Photon zwei Photonen zu erzeugen. Eine Eigenschaft von Photonen ist ihre Polarisation, das heißt in welche Richtung sie sich ausbreiten, und jedes Photon kann eine beliebige Polarisation haben. Diese Eigenschaft von Photonen wird auch bei 3D-Filmen ausgenützt, denn mit der speziellen Brille kann jedes Auge nur eine spezielle Polarisationsrichtung sehen, wodurch ein dreidimensionaler Effekt erzeugt werden kann. Aber zurück zu unseren durch den Kalkspat verschränkten Photonen. Die Polarisation steht im Entstehungszeitpunkt der verschränkten Photonen nicht fest, diese könnte beispielsweise horizontal oder vertikal sein.

Und jetzt kommt das Verrückte. Erst wenn man bei einem Photon den Zustand misst, wird dieser festgelegt und wenn man bei der Messung feststellt, dass die Polarisation horizontal ist, dann kennt man auch die Polarisation des zweiten, verschränkten Photons – ganz gleich wie weit dieses entfernt ist.

Diese Eigenschaft von verschränkten Photonen hat Einstein anfangs nervös gemacht, denn es hatte den Anschein, als ob das eine Photon dem anderen seinen Zustand bei der Messung irgendwie – spukhaft – über beliebige Entfernungen mitgeteilt haben musste. Das widersprach aber der Lichtgeschwindigkeitstheorie. Die Quantenmechanik war somit nicht lokal, denn die Messung an einem Photon bestimmt den Ausgang eines anderen auch wenn sich dieses Lichtjahre entfernt befindet. Mittlerweile hat sich jedoch herausgestellt, dass keine Informationen übertragen werden müssen, denn die Korrelation der Photonen ist von Anfang an da.

Somit gibt auch die Quantentheorie nicht viel für deine zweite Frage her, denn es lassen sich mit verschränkten Photonen keine Informationen sondern nur Zustände übertragen, erklärte mir Andre unmissverständlich und fügte lachend hinzu, es sei denn, du findest wie ich schon vorher gesagt habe, einen Weg, wie in den Augen verschränkte Photonen erzeugt werden können, wie diese in den Körper kommen und ihn wieder verlassen und die außerdem in der Lage sind, den Zustand des Gehirns zu beeinflussen.

Es ist schon spät geworden, stellte Andre fest, ich hoffe, ich habe deine Hoffnungen in die Physik des Lichtes nicht enttäuscht, aber wie hat Einstein einmal gesagt: Den Rest meines Lebens möchte ich damit zubringen, darüber nachzudenken, was Licht ist! Er hat es auch nicht herausgefunden, also verschwende deine Zeit nicht mit diesen Fragen.

Anschließend brachte ich Andre nach Hause und kehrte wieder ins Hotel Clos de Sadex zurück. Da ich nach diesem entmutigenden Gespräch nicht einschlafen konnte, machte ich noch einen Spaziergang und entdeckte wieder unsere Bank am Ufer des Genfersees. Ich setzte mich hin und betrachtete das im Mondschein schillernde Wasser und die schneebedeckte, glitzernde Bergspitze des Montblanc. Langsam wurden meine Augenlider immer schwerer und schwerer.

DANTES TRAUM, PARADISO
DIE GÖTTLICHE KOMÖDIE

Plötzlich erblickte ich nahe am Wasserhorizont ein kleines Holzschiff, welches sich aus dem Nichts langsam auf mich zubewegte und von Minute zu Minute immer größer zu werden schien. Obwohl das Boot das Ufer schon fast erreicht hatte, konnte ich in der düsteren Morgendämmerung kaum etwas sehen. Zuerst dachte ich, Odysseus zu erkennen, der sich über die dem Menschen gezogene Grenze hinausgewagt hatte in das Gebiet jenseits der Säulen, die Herkules bei Gibraltar als Markierung aufgestellt hatte. Aber dann erschrak ich, denn ich erkannte, dass der Nachen von einem Engel als Fährmann manövriert wurde.

Der Engel und die anderen Passagiere verließen das Boot, flanierten zuerst am Ufer entlang und kamen dann direkt auf mich zu. Ich beobachtete von meiner Parkbank aus, dass sich der Tiefgang des Nachens nicht im Geringsten verändert hatte, obwohl gerade über zehn Personen ausgestiegen waren. Das konnte nur bedeuten, dass diese Wesen kein Gewicht haben. Es muss sich um Geistern handeln, folgerte ich aus dem Gesehen, wurde aber vom Engel jäh unterbrochen:

Es sind Seelen! Sie werden dich über den Fluss Styx zum Höllentor begleiten – dort wird dich Dante als Jenseitsführer erwarten und dich durch das Inferno über das Purgatorium in das himmlische Paradies begleiten, denn niemand anders als Dominique hat mich gesandt, dich abzuholen.

So stieg ich in das wackelige Boot und die Überfahrt begann. Etwa auf halbem Weg sprang ein großer Fisch neben dem Boot empor und spritze mich mit seiner Schwanzflosse an. Ich beobachtete die Wasserperlen auf meinem Handrücken und sah, wie sich etwas darin spiegelte. Es erschien die erste Begegnung mit Dominique im Alter von neun Jahren. Ich hatte noch nie ein so wunderschönes Mädchen gesehen und verliebte mich sofort unsterblich in sie, traute mich aber nicht, sie anzusprechen. Erst Jahre später, kurz vor ihrem frühen Tod, sollte dies geschehen. Der Engel gab mir ein Zeichen, den Nachen zu verlassen und wies mir den Weg zum Höllentor, über welchem folgender Satz auf einer Steintafel eingemeißelt stand:

Bedenkt!
Den eignen Tod den stirbt man nur,
mit dem Tod der andern muss man leben!

Gerade als ich darüber nachdachte, dass dieser Satz doch aus Mascha Kalékos Gedicht Memento stammt, trat Dante aus dem angrenzenden, düsteren Wald heraus.

Komm' weiter, wir haben noch einen langen und beschwerlichen Weg vor uns!

Hinter ihm raschelte es mehrmals angsteinflößend im dunklen Dickicht des Waldes und unvermutet gesellte sich Chiron, der Anführer der Kentauren, zu uns.

Chiron, sprach Dante, überlasse uns deinen altgedienten Kentaur Nessos, damit er Antonio auf seinem Rücken durch die neun Höllenkreise bringt, da er eine lebende

Seele ist. Und du Antonio, halte dich an Nessos Fell fest, schließe deine Augen und öffne sie erst wieder, wenn ihr die Terrassen des Läuterungsberges erreicht habt und dich Nessos absetzt. Keine Angst, ich bleibe hinter dir und du kannst dich jederzeit an mich wenden.

Die Arme fest um den Hals des Kentaur Nessos geschlungen, durchschritten wir auf dessen Rücken sitzend das Höllentor. Hinter dem Tor wurde es schlagartig dunkel, eine undurchdringliche, farb- und konturenlose Finsternis, mit der die Hölle von der Welt der Menschen wie isoliert erschien. Das anonyme Geheul aus dieser Dunkelheit, ein unaufhörliches, chaotisches Stöhnen, Lallen, Ächzen und Kreischen in allen Sprachen, machten es mir leicht, meine Augen blitzartig zu schließen. Ich spürte wie es immer rascher und steiler abwärts ging - bestialische Dämpfe, Hitze, Kälte, wechselten sich ab, bis Nessos schlagartig stehen blieb.

Sind wir schon da? fragte ich ängstlich meinen Führer Dante und vergewisserte mich damit, dass er noch hinter mir saß. Nein, wir sind soeben beim 7. Höllenkreis angekommen, welcher nur über einen Steinrutsch zu erreichen ist, der durch ein Erdbeben anlässlich von Jesus Tod verursacht wurde. Der Erdrutsch wird vom Minotaurus, dem Schandmal Kretas, bewacht.

Ich blinzelte zwischen meinen Augenlidern hindurch uns sah, wie der Minotaurus bei meinem Anblick in Wut geriet, weil er mich offenbar für den Herzog von Athen, Theseus, seinen Mörder hielt, aber Dante konnte ihn beschwichtigen und so stiegen wir in den 7. Höllenkreis hinab.

Wo sind wir? fragte ich abermals Dante, als mich unerwartet ein angenehmer Veilchenduft umhüllte. Du kannst deine Augen öffnen, sprach mein Führer. Wir befanden uns in einem wunderschönen Laubwald mit gefiederten Blättern, die bis in eine Höhe von über zehn Meter ragten.

Diese Blutholzbäume sind alle aus den Seelen derer gewachsen, die sich selbst umgebracht haben. Bricht man von solch einem Baum einen Zweig ab, blutet die Bruchstelle sogar und verströmt einen berauschenden Veilchenduft, erklärte Dante, denn der Veilchenduft erinnert an den frühen Tod.

Warum durfte ich meine Augen hier öffnen, fragte ich mich, da mir doch Dante beim Beginn der Reise eingetrichtert hatte, dies erst nach dem Durchschreiten der Hölle zu tun, um Dominique zu sehen? Kaltes Entsetzen ließ meinen Körper erzittern – Dominique wird wohl nicht – und muss dieser schauderhaften Metamorphose einher fallen und hier als Baum auf die Erlösung warten müssen?

Ich ließ mir vorerst nichts anmerken, stieg von Nessos herab und suchte verzweifelt im dichten Gestrüpp nach ihr, konnte sie aber nirgends entdecken.

Dann erkannte ich doch endlich jemanden, den ich fragen konnte, ob sich Dominique in diesem Wald befindet - es war Elisabeth Siddal. Lizzie Siddal war eine englische Malerin und Dichterin und die Ehefrau des Malers Dante Gabriel Rossetti. Ihre fragile Schönheit ließ sie rasch zum wichtigsten und tragischsten Modell der Präraffaeliten, einer geheimen Bruderschaft gleichgesinnter Künstler, die sich Mitte des 19. Jahrhunderts in England zum Ziel setzte, die geistigen Werte und das handwerkliche Können des Mittelalters – also vor Raffael – zu beleben, werden. Rossetti entschied sich erst, sie zu heiraten, als sie so schwer krank war, dass man schon mit ihrem baldigen Ende rechnete. Sie erholte sich jedoch, wurde schwanger, verlor aber ihr erstes Kind durch eine Fehlgeburt. Gerade als sie zum zweiten Mal schwanger war, beendete sie ihr Leben mit einer Überdosis Laudanum, eines Mohnderivats.

Rossetti stellte später seine Ehefrau als betende Beatrice, Dante Alighieris verklärte Geliebte, in seinem berühmten Bild Beata Beatrix dar. Als ich sie nun hier entdeckte, erinnerte sie mich eher an John Everett Millais geniales Gemälde, das die ertrinkende Ophelia aus Shakespeares Tragödie Hamelt darstellt, für welches Elisabeth Siddal ebenfalls Model stand. Es war wohl die tragische Geschichte der Ophelia, die nach dem gewaltsamen Tod ihres Vaters Polonis wahnsinnig wurde und Selbstmord beging, die mir beim Anblick von Lizzie Siddal einfiel.

Als ob sie meine Gedanken lesen konnte, antwortete sie, bevor ich meine Frage stellen konnte, mit den Worten und der Gegenfrage:

Du unwissender Narr, dein Weg durch die Hölle muss von blindem Vertrauen getragen werden – Warum schwindet Dein Vertrauen?

Ich wendete mich erschrocken um, glaubte mich von Dante verlassen, aber er stand unbeirrt hinter mir, und deutete mir wieder aufzusteigen, um den Weg fortzusetzen.

Durch diesen ungeplanten Zwischenstopp haben wir viel Zeit verloren, sprach Dante, so werden wir den Läuterungsberg ohne Unterbrechung besteigen, obwohl der Aufstieg gewöhnlich nur im Tageslicht möglich ist, denn bei Nacht müssen die Wanderer schlafen. Dante erklärte mir, dass das Purgatorium ein Ort glücklicher Wiederbegegnungen sei und die Zeit, die dort vergehe, auch bei uns auf der Erde vergehe. Die Lehre, die wir daraus zu ziehen haben, sei, dass wir die kostbare Zeit, die wir noch haben, schon jetzt nützen sollen und nicht erst im Jenseits!

Endlich hörte ich den langersehnten Satz aus Dantes Mund: Öffne deine Augen! Sind wir da? fragte ich in freudiger Erregung, wurde aber beim Öffnen meiner Augen von einer scheinbar undurchdringlichen Wand aus lodernden Flammen zurückgeworfen. Hier sollte der Weg weiterführen? Ich blieb erstarrt stehen und stammelte: Ich kann nicht, wie ich möchte …

Nur dieses Feuer trennt dich noch von Dominique, sagte Dante, und bei ihrem Namen löste sich meine Ängstlichkeit und Starrheit und ich folgte Dante durch die Flammenmauer und stieg unmittelbar in das Empyreum, den Feuerhimmel, auf. Ich wurde aus dem Kristallhimmel in eine Unendlichkeit aus reinem, lebendigem Licht gehoben. Dann tauchte ich mein Gesicht in ein mystisches Wasser, den Gnadenstrom, und sah jetzt nicht mehr nur geisterhafte Schatten und Symbole, sondern war offen für die letzte Wahrheit.

Ich glaubte mich in eine Szene des Filmes *Hinter dem Horizont* versetzt, als nämlich Robin Williams im Jenseits in ein Bild seiner geliebten Frau eintauchte und er sich durch die leuchtenden Farben um ihn herum bewegte.

Plötzlich öffnete sich der Himmel über mir und unter leuchtenden Fahnen stieg eine Prozession hernieder an dessen Ende ein Triumpfwagen mit einem gewaltigen Donnerschlag vor mir hielt. Zuerst stiegen Hunderte seliger Geister aus, dann in einer Blumenwolke, im grünen Mantel und unter einem weißen Schleier die Frau, für die ich diesen beschwerlichen Weg auf mich genommen hatte: Dominique!

Sie ließ den Mantel über ihre Schultern rückwärts hinabgleiten, öffnete den weißen Schleier und hielt eine schwarze Steintafel mit beiden Händen, wie einst Moses die zehn Gebote, in der Körpermitte fest. Ich konnte auf der Steintafel ägyptische Hieroglyphen und griechische Buchstaben erkennen – das war der Stein von Rosetta! Noch in Gedanken versunken, warum sie den Stein von Rosetta in ihren Händen hielt, änderte dieser unerwartet sein Aussehen. Jene Hieroglyphen, welche von einer Kartusche eingeschlossen waren und den Namen Cleopetra umfassten, verwandelten sich in seltsamer Weise in sich bewegende Lichtpunkte und als ob ich eine gesteigerte Sehkraft erlangt hätte, konnte ich in einem Erkenntnisblitz, der sich nicht in Worten ausdrücken lässt, diese Lichtpunkte entziffern und am Ende dieser Verwandlung den Namen *Dominique* lesen.

Schweigend übergab sie mir den leuchtenden Stein, lächelte mich an und entschwand in einer weißen Himmelsrose ins Paradies. Versunken in den verblassenden Anblick meiner verstorbenen Freundin hielt ich den Stein in meinen Händen und spürte, wie schwer dieser eigentlich war. Ich merkte, wie eine Brise aufkam und als ich versuchte, den Stein sicherer zu halten, entglitt er mir aus meinen Händen und fiel mit einem lauten Knall auf den Boden. Ich riss meine Augen weit auf und sah, wie der Wind einen großen Blumentopf auf einer Gartenmauer umgestoßen hatte und dieser auf dem Boden aufgeschlagen war.

Wo war ich? Ich musste mich langsam daran besinnen, dass ich wohl auf unserer Parkbank am Genfersee nach dem langen bedrückenden Gespräch mit meinem Freund Andre über das Licht eingeschlafen sein musste.

Aber was hatte dieser Traum zu bedeuten? Die Hieroglyphen in der Kartusche verwandelten sich in Lichtpunkte, die nur ich lesen konnte? Ich ging zum Hotel Clos de Sadex zurück und schlief die restliche Nacht erschöpft und traumlos bis zum Sonnenaufgang weiter.

STUTTGART, DEUTSCHLAND
INSTITUT FÜR MASCHINELLE SPRACH-VERARBEITUNG

Zurück in Lugano kramte ich meine Aufzeichnungen aus dem Archiv der Royal Society hervor und studierte die Methode, wie es Thomas Young gelungen war, die Hieroglyphen auf dem Stein von Rosetta zu entziffern. Dabei entdeckte ich, dass sich Young offensichtlich eines divisiven Clusterverfahrens bediente, in dem er zunächst alle Objekte als zu einem Cluster gehörig betrachtete und dann schrittweise den Cluster in immer kleinere Cluster aufteilte bis jeder Cluster nur noch aus einem Objekt bestand. So konnte er den in der

Kartusche eingefassten hieroglyphischen Namen der Königin Cleopatra den griechischen und demotischen Schriftzeichen zuordnen.

Ich saß einige Minuten regungslos vor meinen ausgebreiteten Unterlagen und ließ immer wieder diesen Algorithmus vor meinem inneren Auge kreisen, bis ich, wie von einer Tarantel gestochen, aufsprang und meinen Computer hochfuhr. Alle Puzzleteile fügten sich für mich wie von selbst zu einem klaren Bild zusammen.

Es waren die Lichtpunkte aus dem Versuch mit den Biophotonen, die ich entschlüsseln muss! Die ganze Szene war ein Déjà-vu – ich hatte das alles schon einmal gesehen: Vor einige Tagen in Dantes Traum auf der Parkbank am Genfersee, als mir Dominique den Stein von Rosetta mit den leuchtenden Punkten übergab!

Mit meinem Fotobearbeitungsprogramm druckte ich dutzende hochauflösende Bilder aus und befestigte diese an meiner Fotowand in der Dunkelkammer, wo ansonsten nur die selbst entwickelten Bilder zum Trocknen hängen. Dann setzte ich mich in meinen Regiesessel, den ich zu meinem 40sten Geburtstag von meinen Filmclubkollegen bekommen hatte, und betrachtete aufmerksam die Bilder. Ich versuchte stundenlang aus den weißen Lichtpunkten auf den verschiedenen Bildern irgendeine Ähnlichkeit oder etwas Auffälliges herauszulesen.

Nichts – da war einfach nichts. Jede freie Minute verbrachte ich vor dieser Fotowand – Tag für Tag – Woche für Woche, ich sah überall nur noch leuchtende Punkte und glaubte, bald durchzudrehen - bis zu jener schicksalhaften Begegnung im Stuttgarter Hauptbahnhof.

Ich musste von Frankfurt kommend auf meinen Anschlusszug Richtung Süden warten und setzte mich daher im Starbucks in der große Schalterhalle an einen kleinen Tisch am Fenster und blätterte in einer Zeitung. Die Türe zur Terrasse war offen und so beobachtete ich zwischendurch die Leute, die draußen saßen und unter den dunkelgrünen Sonnenschirmen Schutz vor der stechenden Sonne suchten.

Eine junge Frau fiel mir dabei besonders auf, denn sie saß ganz alleine an einem Tisch und hatte einen Kopfhörer samt eingebautem Mikrofon aufgesetzt. Das ist in der heutigen Zeit nichts Besonderes, dachte ich mir zuerst, denn ich nahm an, dass sie sich über das Headset via Smartphone mit einem Gesprächspartner unterhielt, da sie offensichtlich dauernd mit jemanden redete. Als ich sie jedoch länger beobachtete, stellte ich fest, dass ein aufgeklappter Laptop auf dem Tisch stand und immer, wenn sie etwas in das Mikrophon sprach, auf dem Bildschirm ein Text wie von Geisterhand gleichzeitig geschrieben wurde.

Es war der Faktor Zeit! Warum war ich nicht schon früher darauf gekommen. In den Einzelbildern der Photonen konnte ich überhaupt keine Muster erkennen, der Schlüssel liegt in der zeitlichen Abfolge der Lichtpunkte, die eine Bedeutung innehat, jubelte ich innerlich über diese erneute spontane Eingebung. Die Hochleistungskamera hatte ja Millionen Bilder pro Sekunde aufgenommen, da konnte ein einzelnes Bild keine Bedeutung haben. In der Beobachtung, dass aus den gesprochenen

Sätzen über ein Computerprogramm schriftliche Wort-folgen erzeugt werden, musste die Lösung stecken. Ich wollte unbedingt mehr über dieses Computerprogramm erfahren und fragte die junge Frau, ob ich mich kurz zu ihr setzen darf.

Ich habe beobachtet, dass jedes Wort, das sie in das Mikrofon sprechen, umgehend auf dem Bildschirm in schriftlicher Form erscheint – können sie mir erklären, wie das funktioniert? fragte ich sie neugierig.

Das ist im Prinzip ganz einfach, erläuterte sie, dieses Programm hier, Dragon Naturally Speaking, ist eine weltweit führende Spracherkennungssoftware, die das gesprochene Wort in Text auf dem Bildschirm oder Steuerungsbefehle für den Computer umsetzt. Die akustischen Signale werden, vereinfacht gesagt, zur Um-setzung digital abgetastet und im Rahmen eines akusti-schen Modells nach Charakteristika eingeordnet. Die Auswahl erfolgt statistisch unter Einsatz verschiedener Varianten von Hidden-Markov-Modellen. Entschuldi-gen sie, jetzt bin ich schon viel zu sehr im Detail, denn ich studiere hier in Stuttgart am Institut für maschinelle Sprachverarbeitung und schreibe gerade eine Masterar-beit über computerassistierte Detektion.

Erzählen sie nur weiter, ihre Arbeit interessiert mich sehr. Worum geht es in ihrer Masterarbeit genau? Die computerassistierte Detektion, kurz gesagt CAD, be-schreibt ein Verfahren in der Medizin zur Unterstützung des Arztes bei der Interpretation von Untersuchungser-gebnissen. Bildgebende Verfahren in der Röntgendiag-nostik liefern eine Fülle von Informationen, die vom Radiologen in kurzer Zeit umfassend analysiert und bewertet werden müssen. Dabei helfen CAD-Systeme, digitale Bilddaten wie Computertomographien nach typischen Mustern abzusuchen und auffällige Bereiche visuell hervorzuheben. Ich untersuche derzeit im Rahmen meiner Masterarbeit, ob dieses handelsübliche Spracherkennungsprogramm so umprogrammiert werden kann, dass anstatt akustischer Eingangssignale optische verwendet werden können. Grundsätzlich ist der digitale Code ja neutral – das ist von den Neuronen bestens bekannt. Die eingehenden visuellen oder akustischen Signale vom Auge oder vom Ohr, werden im Gehirn ja zuerst in neutrale elektrische Signale umgewandelt, denen man - jedes Signal für sich genommen - nicht die Herkunft ansehen kann. Es sind einfach nur elektrische Signale. Wenn einmal digitale Daten vorliegen, geht es nur noch um die Mustererkennung.

Ich griff in meine seitliche Sakkotasche und spürte den USB-Stick, auf welchem alle Daten der Biophotonenversuche gespeichert waren. Nein – so schnell geht das nicht, dachte ich mir, ließ ihn wieder in die Tasche gleiten und erzählte ihr, dass ich Fotograf sei und ihr gerne seltsame Lichtbilder zeigen würde, die man vielleicht mit ihrem Programm analysieren könne. Wir tauschten noch schnell unsere Mailadressen aus – Allegra@... – ein interessanter Name – und ich versprach ihr, einige Probebilder zu schicken.

Während der Zugfahrt durchforstete ich die Daten auf dem Speicherstick auf meinen Tablet PC und entdeckte außer hunderten Bilddateien auch einige Videosequenzen. Und dann passierte etwas Unglaubliches.

Draußen war es mittlerweile schon dunkel geworden. Ich war alleine in einem Zugabteil, löschte das Licht und startete eine Videodatei. Wie versteinert fixierte ich die sich verändernden Lichtpunkte auf dem schwarzen Bildschirm. Die Sequenz war nur einige Sekunden lang, aber ich glaubte, ein Wort erkannt zu haben. Ich wiederholte den Film immer wieder und ich erkannte mit jedem Mal deutlicher das Wort *Lugano*. Kalte Schweißperlen übersäten meine Stirn. Ich startete den nächsten Videoclip und erkannte in den leuchtenden Punkten mühelos das Wort *Dominique*.

In meinem Schrecken warf ich den Tablet PC auf den gegenüberliegenden Sitz, starrte minutenlang in die finstere Nacht hinaus und glaubte, dass ich nun völlig verrückt geworden war. Langsam erinnerte ich mich daran, dass ich mir damals in Neuss beim Versuch mit den Biophotonen vornahm, an irgendetwas Bestimmtes zu denken und tatsächlich: Ich dachte einmal an meinen Wohnort Lugano und einmal an Dominique. Aber wie sollte ich in diesen tanzenden Lichtpunkten etwas Sinnvolles erkennen können?

Noch aus dem Zug schickte ich Allegra diese beiden Videodateien per Email und fügte nur kryptisch hinzu, dass sie ja versuchen könne, irgendwelche Muster darin zu erkennen. Zwei Tage später erhielt ich eine Antwort:

Lieber Antonio,

ich habe deine Videodateien so vorbereitet, dass sie mit dem Analyseprogramm gelesen werden können, aber beim besten Willen — ich weiß nicht, wonach ich suchen soll!

Wenn da etwas Geheimnisvolles verborgen ist, dann musst du nach Stuttgart kommen, um mir dabei zu helfen, es herauszufinden, denn nur im Institut für maschinelle Sprachverarbeitung steht ein Rechner mit der erforderlichen Kapazität. Vielleicht bis bald!

Allegra

Ich befand mich in einer aussichtslosen Lage. Aus irgendeinem Grund – vermutlich wegen des Tumors im Suprachiasmatischen Nucleus, der Masterclock im Gehirn – konnte ich einerseits diese seltsamen Lichtpunkte entziffern und ich spürte, dass ich der Lösung meiner rastlosen Suche ganz nah war. Aber andererseits wusste ich, dass mich alle für verrückt halten würden, wenn ich erklären würde, dass ich in den Augen der Anderen ihre Gedanken lesen könne. Ich entschied mich doch nach Stuttgart zu fahren und nahm mir vor, vorerst nichts von meiner tatsächlichen Intention zu verraten.

Dieses Vorhaben scheiterte gleich nach der Ankunft im Stuttgarter Hauptbahnhof, wo mich Allegra abholte. Sie fragte mich beiläufig, warum ich eigentlich immer mit dem Zug und nicht mit dem Auto fahre und ich antwortete etwas unbedacht, dass ich nach dem tödlichen Autounfall meiner Freundin vor über zwanzig Jahren mein Auto verkauft habe und daher nur noch selten mit dem Auto fahre, versuchte aber gleich wieder das Gespräch auf die Videosequenzen zu lenken und erklärte ihr, dass ich herausfinden möchte, ob man wirklich etwas in diesen Lichtpunkten erkennen könne, oder ob ich mir das alles nur einbilde.

Ich habe jedenfalls nichts erkannt, erwiderte Allegra ungläubig und musterte mich von der Seite.

Wir fuhren mit der S-Bahn zur Universität und spazierten durch das Universitätsgelände vorbei an den verschiedenen Instituten für Informatik durch einen Park zum Institut für maschinelle Sprachverarbeitung.

Im Institut führte mich Allegra in einen abgedunkelten Vorführraum, in dem auf einem Tisch an der vorderen Seite ein Computer stand, dessen Bildschirminhalt über einen Beamer an die dahinterliegende Wand projiziert wurde. Sie setzte sich an den Tisch zum Computer und deutete mir, ich solle mich auf einen Zuschauersessel setzen.

Also, wenn ich dich richtig verstanden habe glaubst du, dass in diesen Lichtpunkten Informationen codiert sind, die es dir ermöglichen, die Gedanken in den Gehirnen anderer zu lesen, sagte Allegra während sie einige Bilder an die Wand projizierte und sich umdrehte. Bisher war mir nur bekannt, dass man die Nervenzellen im Gehirn mittels EEG oder funktioneller Magnetresonanztomografie belauschen muss, um *Gedanken zu lesen*, wobei das EEG nur Zickzackkurven liefert und das fMRI tatsächlich leuchtende Punkte in einer grauen Hirnlandschaft erzeugt, ergänzte sie.

Diese Lichtpunkte wurden von den Augen emittiert, unterbrach ich Allegra. Sie wurden im Rahmen eines Versuchs am Institut für Biophysik in Neuss mit einer Hochleistungskamera aufgezeichnet und das verrückte daran ist, dass ich aus den Videoclips, die ich dir auch geschickt habe, Informationen entschlüsseln kann, aber mir ist völlig schleierhaft, wie das funktionieren soll.

Leicht verwirrt versuchte Allegra den Sachverhalt zu analysieren. Die Signalweiterleitung im Gehirn erfolgt innerhalb eines Neurons durch die Fortpflanzung von Spannungsänderungen in Form eines Aktionspotenzials, den sogenannten Spikes. Hier besteht eine Ähnlichkeit, denn beim Verständnis des neuronalen Codes ist das Grundproblem, dass die physikalischen Eigenschaften der Aktionspotenziale nicht verraten, wie die Reize, die sie ausgelöst haben, beschaffen sind. Ob wir Musik hören oder fernsehen, die Spikes sehen alle gleich aus. Erst die zeitliche und räumliche Verteilung und deren Kombination bilden den neuronalen Code.

Du hast völlig recht, unterbrach ich Allegra ungeduldig, denn ich gehe zur Zeit von der Hypothese aus, dass die Biophotonenemission der Augen eine Art Nebenprodukt dieser Spikes im Gehirn ist und evolutionsbiologisch früher der nonverbalen Kommunikation diente und diese Eigenschaft in den letzten paar Millionen Jahren degenerierte.

Sollte das wirklich zutreffen, ist die ganze Sache nobelpreisverdächtig, ergänzte Allegra lachend, aber mit einem ernsten Unterton in ihrer Stimme.

Kannst du mit diesem Programm die Lichtpunkte dechiffrieren? wollte ich wissen.

Eigentlich schon, aber es sind zuerst einige Modifikationen im Algorithmus zur Mustererkennung erforderlich, bevor wir an die Variablenauswahl, die Proximitätsbestimmung, das heißt die Bestimmung der Distanz beziehungsweise Ähnlichkeitswerte, und der Bestimmung der Clusterzusammensetzung gehen können. Für dich ist heute jedenfalls nichts mehr zu tun, verabschiedete sie mich und Morgen sehen wir uns wieder hier.

Am nächsten Tag und das ganze Wochenende versuchten wir in ganz kleinen Schritten die Videodateien nach dem Modus zu dechiffrieren, dass ich den Film stoppte, wenn ich etwas erkennen konnte und sie mit ihrem Algorithmus die Lichtbilder in immer kleinere Einheiten zerlegte, die mich irgendwie an einen QR-Code erinnerten, um ein entsprechendes Muster zu extrahieren. Die Software steigerte innerhalb weniger Tage die Erkennungsrate von anfänglich knapp über der Ratequote auf rund 70 Prozent.

Ich übersah aber in meiner Euphorie, dass Allegra mit fortschreitender Erhöhung der Erkennungsrate ihre Sonnenbrille auch im Computerraum nicht mehr abnahm. Eines Tages, als ich mich mit ihr wie immer vor dem Institut verabredet hatte, übergab mir der Portier ein Kuvert, in welchem ein Brief und ein Speicherstick enthalten waren.

Lieber Antonio,

anfangs habe ich Deine abenteuerliche Geschichte vom Gedankenlesen mittels Blickkontakt nicht ernst genommen. Ich habe Dich interessant gefunden und wollte Dich einfach wiedersehn.

Für mich war der Blickkontakt bisher zwar ein zentraler Bestandteil der nonverbalen Kommunikation und kaum eine andere Mimik vermag einen so facettenreichen Ausdruck zu vermitteln. Aber in den letzten Wochen habe ich zunehmend Angst bekommen, denn mir wurde immer klarer, dass das Auge tatsächlich der Spiegel der Seele ist und Begriffe wie leuchtende Augen oder einen

Blick auf jemanden werfen haben eine ganz neue Bedeutung für mich bekommen. Ich weiß nicht, warum Du die normalerweise nicht wahrnehmbare Biophotonenemission der Augen erkennen kannst, aber es tut mir leid, unter diesen Umständen kann ich Dich nicht mehr wiedersehn.

Auf dem Speicherstick befindet sich die einzige Version der von uns entwickelten Mustererkennungssoftware – ich habe sie vom Institutscomputer gelöscht. Du stehst zwar ganz am Anfang, denn die Rohdaten müssten noch tokenisiert, morphologisch, syntaktisch und semantisch analysiert werden, aber ich wünsche Dir trotzdem viel Glück bei Deiner weiteren Suche!

Allegra

Ich war dabei, eines der größten Geheimnisse der Menschheit zu entschlüsseln und fühlte mich in diesem Moment einfach nur leer. So ein kleiner Speicherstick, den ich in den Händen hielt, könnte die Welt verändern. Personen mit dem Locked-In-Syndrom, die zwar körperlich, außer den vertikalen Blickbewegungen, fast vollständig gelähmt sind, könnten sich wieder direkt verständlich machen – derzeit ist dies nur mühsam über die Augenbewegungen oder über Hirnstrommessungen möglich…

…und ich sinnierte über das unerwartete Ende einer beginnenden Liebe. Aber diese Reaktion kannte ich bereits aus meiner Vergangenheit, denn scheinbar unbedeutende Ereignisse, hatten Tore zu seltsamen Wegen geöffnet. So verliebte ich mich vor dem Abitur in ein wunderschönes Mädchen, welches in einem Haus entlang meines Schulweges wohnte. Und wie Cervantes

Don Quijote aufbrach, seine imaginäre Freundin Dulicena zu huldigen, beschloss ich jene Zeit, die ich mit dem bezaubernden Mädchen zu verbringen gedachte, mit Lernen für das Abitur auszufüllen. Und die Auszeichnung beim Abitur hat meinen weiteren Lebensweg maßgeblich bestimmt.

Aber wie sollte ich als unbedeutender Fotograf meine Theorie der etablierten Wissenschaftselite erklären? Den gesunden Menschenverstand konnte ich getrost über Bord werfen. Wissenschaftler tüfteln doch eher an ihren lieb gewonnen Theorien herum, als sie aufzugeben. Aber in der Wissenschaftsgeschichte wurden in außergewöhnlichen Episoden durch eine Kombination aus Skepsis, Kreativität und rationaler Überlegung immer wieder spontan neue Theorien hervorgebracht – Einsteins Allgemeine Relativitätstheorie überholte im 20. Jahrhundert Newtons Gravitationsgesetz aus dem 17. Jahrhundert! Aber war meine Entdeckung auch so ein Meilenstein der Wissenschaft?

Obwohl ich eine Software in Händen hielt, die meine These beweisen könnte, wollte ich noch mehr erfahren, bevor ich mich hinter dem Vorgang hervorwagte. Das Programm dechiffrierte ja nur die Biophotonenemission, konnte aber nicht erklären, woher die Informationen kamen. Ich wollte daher dem Weg der Biophotonen ins Gehirn und retour folgen und nahm die Fährte beim Auge auf. Das dürfte nicht so schwer sein, dachte ich mir, denn, dass Licht aus den Augen kommen kann, sieht man bei Katzen, die von Scheinwerfern in der nächtlichen Dunkelheit angestrahlt werden. Das Licht, das dabei nicht absorbiert wird, wird von einer spiegelnden Schicht aus Zink und Eiweißen nochmals auf die

Netzhaut zurückgeworfen. Dieser leuchtende Teppich ist verantwortlich für das geheimnisvolle Leuchten der Katzenaugen. Aber so einfach sollte sich dieses Unterfangen dann doch nicht erweisen.

VENEDIG, ITALIEN
OUT OF AFRICA

Ein Problem, welches Allegra in ihrem Brief beiläufig erwähnt hatte, beschäftigte mich unaufhörlich, nämlich, dass die Daten noch aufgeteilt, syntaktisch und semantisch analysiert werden müssen und in Kombination mit Andrés Grundthese, dass das Gegenüber eine Dechiffrieranleitung besitzen muss, um den Lichtpunkten eine Bedeutung beimessen zu können, war ich kurz vor dem Aufgeben. Der gegenwärtige Stand meiner Entdeckungsreise stellte sich so dar, dass die Erkennungssoftware nur meine Dechiffrieranleitung spiegelte, aber mit den reinen Rohdaten nichts anfangen kann. Der Umstand, dass ich jedoch die Gedanken anderer mittels Photonenemissionen ihrer Augen erkennen kann, bedeutet, dass die Dechiffrieranleitung bereits in meinem Gehirn vorhanden sein muss. Aber wie sollte sie dahinkommen?

Ich erkannte sehr schnell, dass es keinen Sinn machen würde, wenn nur ich diese Dechiffrieranleitung in meinem Gehirn hätte, es musste eher so sein, dass dies ein angeborenes Phänomen sein muss und somit jeder grundsätzlich dazu im Stande wäre. Aber konnte es trotz der babylonischen Sprachenvielfalt auf unserem Planeten so etwas wie ein gemeinsames Sprachverständnis überhaupt geben?

Eigentlich sollte ich von den internationalen Filmfestspielen von Venedig, der Biennale, eine Fotodokumentation vom Trubel auf dem Lido gestalten und reiste aber, um mich von den letzten Wochen zu erholen, einige Tage vor der Eröffnung an. So besuchte ich gleich nach meiner Ankunft die Giardini im Stadtteil Castello, wo dutzende Länder in nationalen Pavillons im Rahmen der Biennale Werke verschiedenster Künstler präsentieren und schaute mir im Arsenal gegen Abend eine Themenausstellung zu Afrika an.

Unter den vielen Kunstobjekten entdeckte ich eine Collage aus verschiedenen Kinoplakaten, die offensichtlich einen Bezug zu Afrika hatten. Über all den kleinen und großen Bildausschnitten war diagonal von links unten nach rechts oben der Schriftzug „Out of Africa" als eine Art Deklaration wie *Vorsicht zerbrechlich* geklebt. Ich erinnerte mich sofort an diesen berühmten Film von Sydney Pollak aus den 1980er Jahren mit Meryl Streep, Robert Redford und Klaus Maria Brandauer in den Hauptrollen.

Das nächste Kunstobjekt zeigte eine wegweisende Assoziation zur Collage auf – die *Out of Africa Theorie*, welcher der gleichnamige Film ihren Namen gab.

Wie auf einer rund zwei Meter hohen, rechteckigen Granitstele auf allen Seiten beschrieben war, bezeichnet die Out of Africa Theorie in der Paläanthropologie die Annahme, dass die Gattung Homo ihren Ursprung in Afrika hatte und dass sich deren Angehörige von dort über die ganze Welt verbreiteten. Ihr Zufolge entstand der archaische Homo sapiens in der Zeitspanne zwischen 200.000 und 100.000 Jahren vor heute in Afrika und die Ausbreitung des modernen Menschen in die anderen Regionen der Erde begann vor etwa 60.000 bis 70.000 Jahren über den Nahen Osten, der damals ökologisch zu Afrika gehörte. Dass alle heute lebenden Menschen von einigen tausend Afrikanern - nicht mehr als die Einwohner einer Kleinstadt - abstammen, ist zwischenzeitlich durch genetische Analysen sowohl des Y-Chromosoms beim Mann als auch der weiblichen Mitochondrien DNA bewiesen.

Das heißt aber auch, las ich auf der Stele weiter, dass die ersten modernen Menschen, die die Erde bevölkerten, alle die gleiche Sprache sprachen und sich alle anderen Sprachen daraus entwickelten. Die Linguistik kann daher Aussagen über sehr frühe sprachliche Entwicklungen während der Ausbreitung der Menschen machen und Beziehungen zwischen der genetischen und der linguistischen Evolution herstellen.

Die Linguistik leitet außerdem daraus die *Universalgrammatik* ab – eine grundlegende Annahme, die postuliert, dass alle menschlichen Sprachen gemeinsamen grammatischen Prinzipien folgen, die unser aller Sprachvermögen strukturieren und die allen Menschen angeboren sind.

Leicht verwirrt und erstaunt ging ich zum nächsten Ausstellungsobjekt und sah schon von weitem auf einem schwarzen Samtsockel einen Kristallschädel stehen, der irgendwie zu leuchten schien. Als ich näher trat, erinnerte er mich an den berühmten, lebensgroßen Mitchell-Hedges Kristallschädel, der, wenn er von hinten beleuchtet wird, das Licht im Inneren des Schädels so bündelt, dass es durch die zwei Augenhöhlen sowie durch ein drittes Auge, ähnlich eines Zykolps, auf der Stirn hervorscheint.

Dieser Kristallschädel wurde jedoch von unten aus dem Sockel von einem Laser angestrahlt und bündelte das Licht im Schädel einerseits zu den Augenhöhlen und andererseits auf das Broca- und Wernickeareal der linken Gehirnhälfte. Diese zwei Regionen bilden bekannterweise die Hauptkomponenten des Sprachzentrums im Gehirn, wobei das Brocaareal vor allem für die grammatikalischen Aspekte der Sprache und das Wernickeareal für das Sprachverständnis zuständig sind. Nach wenigen Augenblicken verwandelten sich die Umrisse des Brocaareals in den Kontinent Afrika, von dem aus die Lichtpunkte die Ausbreitung des Menschen auf der Erde nachzeichneten und schließlich mutierte der Kristallschädel zu einer Art Globus, der sich auf dem Sockel drehte. Plötzlich blieb der Kristallschädel frontal stehen und änderte seine Oberfläche in einen Spiegel und ich blickte erschrocken in mein eigenes Spiegelbild auf dem Schädel.

Ich schaute zurück zu den anderen Kunstobjekten – zuerst war da die Collage mit den Kinoplakaten übergehend zur Granitstele mit der Erklärung der Out of Africa Theorie bis hin zu diesem spiegelnden Kristallschädel, bei dem auf die gemeinsamen Sprachzentren und retrospektiv auf die gemeinsame Abstammung mit der Universalgrammatik Bezug genommen wird.

Ich verließ die Ausstellung und stieg in das nächste Vaporetto. Diese Afrikaschau hinterließ ein beunruhigendes Gefühl in mir und während der langsamen Fahrt durch den Canal Grande, vorbei an den wunderschönen

Palazzi, fiel mir plötzlich ein, woran mich dieser spiegelnde Schädel mit dem Brocaareal erinnerte.

Es war ein Artikel in einer Zeitschrift über die Entdeckung der Spiegelneuronen, den ich erst kürzlich gelesen hatte. Spiegelneuronen, hieß es da, sind Nervenzellen, vor allem im Broca- und Wernikeareal, die im Gehirn während der Betrachtung eines Vorgangs die gleichen Potenziale auslösen, wie wenn dieser Vorgang nicht bloß beobachtet, sondern tatsächlich ausgeführt würde, das heißt, dass Menschen in der Lage sind, Bewegungen, die sie bislang nicht beherrschten, auszuführen, obwohl sie diese lediglich bei anderen beobachtet haben. Ich erinnerte mich sogar noch an den Namen des Neurowissenschaftlers, es war Giacomo Rizzolatti von der Universität Parma. Gleich nach meiner Ankunft im Hotel rief ich in Parma an. Dort wurde mir mitgeteilt, dass er sich derzeit in der Universität Padua aufhielte. Da Padua nur eine halbe Zugstunde von Venedig entfernt ist, fuhr ich am nächsten Morgen zur Universität und konnte tatsächlich in einer Pause mit dem Professor kurz sprechen.

Glauben sie, dass eine Affinität zwischen der Universalgrammatik und den Spiegelneuronen besteht, zumal ja beide im Brocaareal angesiedelt werden? wollte ich von ihm wissen.

Es ist gerade zehn Jahre her, seit unsere erste Arbeit über Spiegelneuronen erschien, erläuterte der Professor. Noch sind dazu viele Fragen offen. Ungelöst ist zum Beispiel ihre mögliche Beteiligung am Sprachvermögen, einer unserer höchsten kognitiven Fähigkeiten. Zum Spiegelsystem gehört – wie sie richtig erwähnt haben –

das Brocaareal, unser Zentrum für Sprachproduktion. Manche Linguisten vermuten, dass Menschen zuerst mit Mimik und Gesten miteinander „sprachen". Falls das zutrifft, hätten Spiegelneuronen auch für die Sprachevolution eine hohe Bedeutung gehabt.

Der Spiegelmechanismus kann zwei grundlegende Erscheinungen der Kommunikation erklären: die innere Übereinstimmung zweier Menschen sowie direktes gegenseitiges Verstehen. Innere Übereinstimmung meint, dass Sender und Empfänger einer Botschaft dieselbe Bedeutung beimessen. Direktes Verstehen benötigt weiter keine Vorabsprachen, auch nicht in Form irgendwelcher Zeichen. Derart zusammenstimmen zu können – dazu sind wir auf Grund unserer neuronalen Organisation von Natur aus veranlagt. Unter diesem Aspekt ist natürlich eine Affinität zwischen der Universalgrammatik und dem Spiegelmechanismus zu erkennen.

Aber wie kommt diese innere Übereinstimmung oder dieses direkte Verstehen zwischen zwei Personen zustande? bohrte ich nach. Wenn ich eine beliebige unbekannte Person anschaue, passiert im Normalfall nichts, aber in seltenen Fällen wird eine Art unsichtbare Verbindung über den Blickkontakt hergestellt und erst dann, wenn es gewissermaßen gefunkt hat, kann ich mich auf einer anderen Ebene nonverbal verständigen.

Sie stellen aber Fragen, mein Lieber – ich weiß es nicht - hörte ich den Professor noch sagen und dann verschwand er eilig durch eine Türe.

Es war zwar nur ein kurzes Gespräch, aber ich wusste nun, dass es tatsächlich eine angeborene Dechiffrieranleitung für die Spracherkennung und da Sprache ja Ausdruck des Denkens ist, auch für Gedanken gibt. Und dieses Spiegelneuronensystem funktioniert offensichtlich analog der mit Allegra entwickelten Erkennungssoftware - die eingehenden Signale werden einfach gespiegelt.

Die Rückkehr nach Venedig sollte sich zum Desaster entwickeln. Schon als ich das Bahnhofsgelände verließ, türmten sich dunkle, angsteinflößende Wolken über der Lagunenstadt auf. Am Horizont konnte man ein schwaches Wetterleuchten wahrnehmen und die drohende Gefahr erahnen. Und plötzlich peitschte ein Sturm vom Meer herkommend über die Lagune hinweg und riss alles mit, was nicht nagelfest war. Ich schaffte es gerade noch, in ein Vaporetto zu springen, aber auch dort erwischte der fast waagrecht hereinbrechende Regen alle dicht aneinander gedrängten Fahrgäste und innerhalb weniger Augenblicke waren alle von oben bis unten durchnässt. Während der Überfahrt zur vorgelagerten Insel Giudecca, wo mein Hotel war, glaubte ich aufgrund des starken Seegangs mehrfach, dass das kleine Schiffchen wegen des heftigen Sturms kentern würde und ich war froh, bei Redentore endlich wieder festes Land unter den Füßen zu spüren. Auf dem Weg zum Hotel neigten sich die Gräser beidseits des Fußweges aufgrund der Schwere des Regens mittig auf die Pflastersteine. Ich musste mir meinen Weg hindurch bahnen und es war fast lächerlich, dass ich meine Hose hinaufgekrempelt hatte, denn beim Hotel war ich endgültig bis auf die Haut durchnässt.

Noch mit der tropfend nassen, am Körper klebenden Kleidung ging ich in meinem Hotelzimmer zur Terrassentüre, öffnete den Store und schaute auf Venedig, das scheinbar als Schlachtfeld der Apokalypse im Unwetter unterzugehen drohte. Mystisch tauchten abwechselnd die Silhouetten von Santa Maria del Rosario und der Basilika Santa della Salute auf und zeitweise waren sogar der Markusplatz mit dem Dogenpalast und den schaukelnden Gondeln zwischen den Nebelfetzen zu erkennen.

Ich musste inmitten dieses Unwetters an das *grüne Leuchten* denken - ein seltsames Naturphänomen, das nur bei klarer Sicht auf dem offenen Meer sehr selten auftritt. Denn nachdem die Sonne bereits untergegangen ist, erscheint manchmal am Horizont für Bruchteile einer Sekunde ein grünes Leuchten. Einer alten Legende zu Folge kann sich derjenige, der das grüne Leuchten gesehen hat, in Liebesdingen nicht mehr irren.

Es war wohl nicht das atmosphärisch-optische Naturphänomen, welches ich innerlich mit diesem Anblick assoziierte, sondern Eric Rohmers gleichnamiger Film, der bei den Filmfestspielen hier in Venedig 1986 mit der goldenen Palme ausgezeichnet wurde. Langsam, auf den ersten Blick beinahe langweilig, lässt Rohmer die Zuschauer fast dokumentarisch am Leben der Protagonistin Delphine teilnehmen. Weil der gemeinsame Urlaub mit ihrer Freundin kurzfristig ins Wasser gefallen ist, begibt sich die Pariser Sekretärin alleine auf Reisen. Doch ob in der Normandie, in Paris oder in der Bergen - Delphine fühlt sich überall einsam. Nachdem sie zufällig ein Gespräch mitgehört hatte, in dem einige Personen über Jules Vernes Buch *Das grüne Leuchten* diskutierten, wird für sie das ziellose Umherirren zu einer Suche aus ihrer Einsamkeit und Orientierungslosigkeit heraus. Erst als ihr am letzten Ferientag in Biarritz ein junger Mann begegnet, scheint sich das Blatt endlich zu wenden. Mit ihm erlebt sie beim Sonnenuntergang das grüne Leuchten ….

Eric Rohmer hat diesen Film aus der Reihe Komödien und Sprichwörter dem Motto *Oh, lass die Zeit rasch kommen, da die Herzen sich entflammen!* gewidmet und gleichzeitig in einer unvergleichlichen Schlichtheit wohl einen der beeindruckendsten Filme über die Einsamkeit geschaffen.

Ein greller Blitz, auf den unmittelbar ein ohrenbetäubender Donner folgte, der die Fensterscheiben erzittern ließ, holte mich vom Ende der Einsamkeit wieder zurück in die Realität.

LUGANO, SCHWEIZ
LAGO DE ORIGLIO

Bei der Suche nach dem Licht im Gehirn kam mir mein ungewöhnliches Interesse an der Neurobiologie zu Gute und ich stieß schnell auf das geheimnisvollste Organ des menschlichen Körpers – die Zirbeldrüse, fuhr Antonio Piarelli fort. Während die erbsengroße Zirbeldrüse in der Anatomie entsprechend ihrer Lage im Gehirn schlicht Epiphyse genannt wird, wurde dieser kleinen, pinienzapfenartigen Drüse während der letzten Millennien viel Aufmerksamkeit in esoterischen Kreisen geschenkt, weil sie als Schnittstelle des Geistes zum Unterbewussten und Unbewussten betrachtet wurde.

Ich ignorierte bei meiner Suche grundsätzlich esoterische Lehren, stolperte aber bei meinen Recherchen über interessante Aussag im Hinduismus und Buddhismus. Dort bildet die Epiphyse gemeinsam mit der Hypophyse das zwischen den Augenbrauen gelegene Stirn-Chakra (Ajna Charka), im Yoga als das Dritte Auge bekannt, über welches der Geist die Pforte zu den Höheren Welten öffnet. Die Taoisten bezeichnen die Zirbeldrüse als Kristallpalast. Diese oberflächlich poetische Bezeichnung hat aber einen erklärbaren Hintergrund, denn die Zirbeldrüse ist zum Teil kristalliner Natur. Diese im Englischen als *brain sand* bezeichneten, konzentrisch geschichteten Konkremente waren bereits Galen im 2. Jahrhundert aufgefallen, aber über ihre Bedeutung und Entstehung war lange Zeit praktisch nichts bekannt. Erst im letzten Jahrhundert konnte nachgewiesen werden, dass es sich bei den anorganischen Komponenten um Kalkspatkristalle und Ca-Hydroxylappatit handelt.

Kalkspat oder Doppelspat – jetzt wusste ich wieder, wo ich dieses Wort gehört hatte. Es ist die Eigenschaft der Doppelbrechung dieses Kristalls, mit der sich verschränkte Photonen erzeugen lassen, erklärte mir damals Andre auf der Terrasse des Clos de Sadex in Nyon.

Sollte die Quintessenz der jahrtausendalten Geheimlehren um diese mystische Drüse, die durch bestimmte Übungen aktiviert, den *Sechsten Sinn* entfalten sollte, wirklich eine wissenschaftliche Basis haben? Dagegen ist Rene Descartes Annahme aus dem 17. Jahrhundert, dass die Seele ihren Sitz in der Zirbeldrüse hat, die ihrerseits von feinsten Blutteilchen, den Lebensgeistern umgeben ist, geradezu grotesk.

Ich konnte nicht glauben, dass es genau in der Mitte des Gehirns einen Ort geben soll, in dem verschränkte Photonen erzeugt werden können. Wenn nachzuweisen ist, dachte ich, dass neben der Phototransduktion, der Umwandlung eines äußeren Lichtreizes in ein physiologisches Signal im Organismus, die elektromagnetische Strahlung des Lichtes direkt zur Zirbeldrüse gelangen kann und in den Kalkspatkristallen eine Verschränkung der Photonen stattfindet, dann hätte ich mein zweites Rätsel, die psychische Synchronisation, gelöst.

Dass die Zirbeldrüse bei Fischen, Amphibien, Reptilien und vielen Vögeln noch selbst lichtempfindlich ist, beim Menschen die Lichtreize jedoch indirekt über Retina, Sehnerv, Suprachiasmatischen Nucleus und über das sympathische Nervensystem die Zirbeldrüse erreichen, brachte mich nicht weiter. Das Licht musste direkt in die Mitte des Gehirns geleitet werden, aber wie?

Das erste Hindernis für das ins Auge einfallende Licht stellt unverständlicher Weise die Netzhaut selbst dar, die dem Licht im Wege steht. Bevor Licht von den Photorezeptoren wahrgenommen werden kann, muss es die gesamte Dicke der Netzhaut mit Blutgefäßen, Ganglienzellen und anderen Zellen durchdringen. Dies bedeutet, dass es eigentlich zu Streuung, Beugung und Reflexion des einfallenden Lichtes führen sollte und somit zu einer Bildverschlechterung ähnlich des Vorlegens einer Mattscheibe. Dass das Licht trotzdem an den streuenden Strukturen vorbei zu den dahinterliegenden Photorezeptoren geleitet wird, ist den sogenannten Müllerzellen in der Netzhaut zu verdanken. Diese funktionieren nämlich, wie erst kürzlich entdeckt wurde, wie lebende Lichtleiter, winzige Glasfaserkabel, in der Netzhaut, da sie als einzige Zellen die gesamte Dicke der Netzhaut durchziehen.

Bekanntermaßen werden hier die optischen Signale in elektrische umgewandelt und durch die Sehnerven über die Sehnervkreuzung zum seitlichen Kniehöcker bis zur primären Sehrinde geleitet. Aber rund zehn Prozent der Sehnervfasern dienen nicht dem Sehen, sondern unbewussten Prozessen. Sie ziehen direkt nach der Sehnerkreuzung zum Hypothalamus und anderen Kernen. Interessant ist jedoch der Ort, an dem die Photonen noch vor der Phototransduktion stehen, nämlich am Ende der Müllerzellen in der Netzhaut. Dort trifft das sichtbare Licht mit einer Wellenlänge zwischen 390 und 790 Nanometer und einer Frequenz zwischen 380 und 770 Terahertz ein. Körperzellen emittieren Biophotonen genau im selben sichtbaren Spektrum zwischen 200 und 800 Nanometer.

Hirnwellen liegen im Niederfrequenzbereich, wobei die zuletzt entdeckten Gammawellen hier besonders in den Fokus treten. Gammawellen weisen eine Frequenz von über 30 Hertz auf und werden mit Spitzenleistungen, starker Fokussierung und Konzentration und hohem Informationsfluss in Verbindung gebracht. Dabei ist ein besonderes Kennzeichen die Synchronisation der Gammawellen über weite Bereiche des Gehirns.

Analog der Modulation von Trägerfrequenzen, wie sie in der drahtlosen und drahtgebunden Funktechnik benutzt wird, kann in der optischen Übertragungstechnik Licht mit einem Modulationssignal moduliert werden. Dabei kann vom physikalischen Prinzip her das Licht in der Amplitude, der Phasenlage und der Polarisation variiert werden.

Als mir dieser Zusammenhang klar wurde, konnte ich das letzte Puzzleteil einfügen. Eine Beeinflussung und Modulation der Biophotonenstrahlung und der Hirnwellen durch die Tageslichtstrahlung ist nicht nur physikalisch möglich, sondern höchstwahrscheinlich. Trifft diese Strahlung im Zentrum des Gehirns auf die Doppelspatkristalle der Zirbeldrüse, kann eine Verschränkung stattfinden, wobei die Photonen über die Müllerzellen verlustfrei durch die Augen wieder den Körper verlassen können.

Wir liegen auf der *gleichen Wellenlänge* hat wohl eine tiefere Bedeutung, nicht wahr, sagte Thomas Krüger und fragte neugierig nach, ob Antonio Piarelli diese These auch seinem Freund Andre, dem Physiker, vorgestellt habe.

Natürlich, schmunzelte Antonio Piarelli, als ob er diese Frage erwartet hatte. Er hat gemeint, dass meine These geschickt diskursiv konstruiert sei und physikalisch möglich erscheine, aber nicht unbedingt wahrscheinlich sei.

Aber was ist schon wahrscheinlich, fragte Antonio Piarelli, dass sich der Mensch nach dem Urknall vor 14 Milliarden Jahren aus einigen Elementarteilchen entwickelt hat? Oder wie wahrscheinlich war am Beginn des 20. Jahrhundert nach den ersten Flugversuchen der Gebrüder Wright, dass 60 Jahre später Menschen zum Mond fliegen und die Weltraumsonde Voyager I jetzt nach 18 Milliarden Kilometer unser Sonnensystem verlassen hat?

Entscheidend ist die Möglichkeit, nicht die Wahrscheinlichkeit!

Aber Andre hat mich bei dieser Gelegenheit auch über die neuesten Erkenntnisse der Quantenphysik informiert, die nahelegen, dass die Gesetze der Quantenmechanik nicht nur den Mikrokosmos beherrschen, sondern auch in größerem Maßstab der Natur zu Grunde liegen. Vor allem die Verschränkung, ein grundlegender Quanteneffekt meiner These, kann auch in großen Systemen auftreten – sogar in lebenden Organismen.

Beobachtet wurde dies bei den Rotkehlchen, die im Herbst vom frostigen Skandinavien rund 10.000 km ins warme Afrika übersiedeln und im Frühling wieder zurückkehren. Man nahm an, dass diese Vögel einen eingebauten Kompass besitzen, aber wurden sie künstlichen Magnetfeldern ausgesetzt, hatte dies keinen Einfluss, denn sie reagierten ausschließlich auf die Inklination des Erdmagnetfeldes, das heißt auf den Winkel der Magnetfeldlinien zur Erdoberfläche.

Und jetzt wird es in Bezug auf meine These interessant, denn wurden den Rotkehlchen die Augen verbunden, reagierten sie überhaupt nicht auf das Magnetfeld - somit nehmen die Vögel das Feld irgendwie mit den Augen wahr. Das Vogelauge enthält nämlich einen Molekültyp, in dem zwei Elektronen ein verschränktes Paar mit Gesamtspin null bilden. Wenn dieses Molekül sichtbares Licht absorbiert, gewinnen die Elektronen genügend Energie, sich zu trennen und für externe Einflüsse wie das Erdmagnetfeld empfänglich zu werden. Im Auge wird dieser chemische Unterschied in neuronale Impulse übersetzt, wodurch schließlich im Vogelgehirn eine Repräsentation des Magnetfeldes entsteht.

Stellen sie sich nur vor, welche weit reichenden Konsequenzen das hat, falls die Quantenmechanik in allen Größenordnungen gilt! fuhr Antonio Piarelli begeistert fort. Zum Beispiel gehören Raum und Zeit zu den fundamentalsten klassischen Begriffen, aber gemäß der Quantenmechanik sind sie sekundär. Primär sind die Verschränkungen – sie verknüpfen Quantensysteme ohne Bezug auf Raum und Zeit! Es könnte sogar so sein, dass alles mit allem seit dem Urknall verschränkt ist und vielleicht einem Universalquantencode unterliegt. Unter diesem Gesichtspunkt erscheinen auch Sheldrakes morphische Felder plausibel.

Ich weiß nicht, was ich dazu sagen soll, antwortete Thomas Krüger nachdenklich. Wenn ich sie richtig verstanden habe, lässt sich ihre These in zwei Teilen zusammenfassen.

Erstens eine direkte Informationsübertragung über die Augen mittels Licht, da der Algorithmus zur Informationserkennung über die Universalgrammatik und das Spiegelneuronensystem genetisch determiniert sind. Und zweitens über die Verschränkung der Photonen durch Modulation des Lichtes mit den Gammawellen des Gehirns in den Kalkspatkristallen der Zirbeldrüse oder vielleicht sogar, den neuesten Erkenntnissen zu folge, in speziellen Molekülen am Ende der Müllerzellen in der Netzhaut. Hier lassen sich jedoch keine Informationen übertragen, sondern lediglich Zustände wie Angst.

Genau - daher spürt man bei nahestehenden - *verschränkten* - Personen beispielsweise nur, dass etwas Schlimmes passiert ist, aber man weiß nicht was, ergänzte Antonio Piarelli. Und das Seltsame ist, dass dieses Verbundenheitsgefühl – *die Verschränkung* - auch nach dem Tod bestehen bleibt.

Ich weiß auch nicht, wie das alles genau funktioniert mit der Verschränkung und so, merkte Antonio Piarelli etwas selbstkritisch an, aber irgendwie erinnert mich das Ganze an die Legende vom Großinquisitor, einer Erzählung innerhalb Dostojewskijs Roman *Die Brüder Karamasow*.

Sie handelt von einem Großinquisitor des 16. Jahrhunderts in Spanien, der dem wieder auf Erden zurückkehrenden Jesus erklärt, dass die Menschen durch die Freiheit, die er ihnen vor vielen Jahren gegeben hat, überfordert seien. Für den Großinquisitor können freie Menschen nicht glücklich sein. Jesus habe den Menschen die Gewissensfreiheit gegeben, die Kirche jedoch die Gewissenberuhigung, denn die moralische Freiheit auszuhalten gehe über die Kräfte der allermeisten Menschen, so der Großinquisitor weiter. Man müsse das Gewissen unterwerfen, damit die Menschen glücklich werden. Die drei Mittel seien hierbei *das Wunder, das Geheimnis und die Autorität*. Und alle diese drei Waffen schwinge die katholische Kirche seit alters her mit großer Kunstfertigkeit.

Ist es nicht besser, den Menschen eine Erklärung für wundersame Phänomene anzubieten, um sie von der schweren Bürde des Ungewissen zu befreien als sie in der quälenden Ungewissheit irgendwelchen Scharlatanen zu überlassen? kommentierte Antonio Piarelli die Legende vom Großinquisitor.

Wenn man meine These konsequent zu Ende denkt, verbirgt sich dahinter nämlich die tröstende Vorstellung, dass Dominiques letzter Gedanke *ICH* war und dass wir für immer verbunden bleiben! Letzte Nacht habe ich übrigens geträumt, dass ich sie auf dem Friedhof getroffen habe und ich fragte sie, wo sie denn jetzt sei. Sie antworte: Ich bin am Wandern, ich habe keinen bestimmten Ort!

Es ist schon spät geworden und Antonio Piarelli und Thomas Krüger verließen den Origliosee und gingen schweigend zum Haus zurück. Antonio Piarelli kramte aus der linken Innentasche seiner Jacke ein zerknittertes Kuvert hervor und übergab es Thomas Krüger mit den Worten: Ab jetzt gehört es Ihnen – machen Sie damit, was sie wollen.

HEIDELBERG, DEUTSCHLAND
AKADEMISCHER VERLAG

Thomas Krüger öffnete während der Rückfahrt im Zug neugierig das Kuvert, welches ihm Antonio Piarelli übergeben hatte. Es befanden sich ein kurzer Brief und ein Speicherstick darin. Am nächsten Tag hatte er einen Termin beim Chefredakteur. Er erzählte ihm von seinem interessanten Gespräch mit Antonio Piarelli und las den Brief vor:

Sehr geehrtes Redaktionsteam,

auf dem beigefügten Speicherstick überlasse ich Ihnen meine Entschlüsselungssoftware sowie sämtliche Unterlagen zu meiner These.

Eines möchte ich aber noch ergänzen, nämlich dass diese These vermutlich erst in rund 20 Jahren verifiziert werden kann. Denn derzeit ist es technisch nicht möglich, die neuronale Basis sozialer Wechselbeziehungen zu untersuchen und zu verstehen, denn man müsste die Aktivität in beiden Gehirnen registrieren, während zwei Menschen miteinander – nonverbal – kommunizieren, auch über weite Distanzen hinweg. Dies wird wohl erst mit Quantencomputern möglich sein.

Antonio Piarelli

Herr Krüger, was ist dieser Antonio Piarelli nun? Ein James Croll oder ein William Karel? fragte der Chefredakteur ungeduldig. Ich weiß es nicht, antwortete Thomas Krüger, vermutlich ein James Croll, der sich mangels anderer Möglichkeiten William Karels Mantel umgehängt hat.

Recht hat er jedenfalls damit, dass diese These zwanzig Jahre zu früh aufgestellt wurde, ergänzte der Chefredakteur nachdenklich. Eine Veröffentlichung schätze ich derzeit für unseren Verlag als zu riskant ein, aber wissen sie was, schreiben sie einen Wissenschaftsroman über diese fantastische Geschichte, ich habe auch schon einen Titel dafür: Blickkontakt!

EPILOG

Fertig ist eine Geschichte nicht, wenn man nichts mehr hinzufügen kann, sondern wenn man nichts mehr weglassen kann. Kürzer ging es nicht.

Eigentlich wollte ich nur eine einfache Geschichte erzählen, merkte aber bald, dass man diese Geschichte nicht einfach so erzählen kann. Das Problem liegt in der Phänomenologie der Erfahrung, denn wie können seltsame Erfahrungen wie Synchronizität oder Antizipation erklärt werden, ohne gleich in eine esoterische Ecke gestellt zu werden?

Deshalb musste ich mich eines relativ neuen, unverdächtigen literarischen Subgenres bedienen – des Wissenschaftsromans. Die genaue literaturwissenschaftliche Zuordnung überlasse ich lieber anderen, denn ich würde diese Geschichte salopp als einen ungewöhnlichen Liebesbrief bezeichnen, dessen Inhalt sich auch mit einer Textzeile des kanadischen Songwriters Leonard Cohen zusammenfassen ließe:

You know my love goes with you
as your love stays with me!

Im Übrigen habe ich nichts Neues erfunden, sondern lediglich versucht, aus einem riesigen Wissensblock den versteckten David in mühevoller Handarbeit zu befreien, denn alles ist möglich, man muss es sich nur vorstellen – What dreams may come…

LITERATURHINWEISE

Ich hoffe, dem Leser ist es nicht so ergangen, wie mir bei der Lektüre von Dante Alighieris Göttlicher Komödie im Paradies II, wo Beatrice im Mondhimmel einen knochentrockenen Physikunterricht abhält und man einfallsreiche Interpretationskniffe benötigt, um keine überflüssige Einlage zu sehen. Deshalb habe ich versucht, meine Exkurse in die Physik auf das Wesentlichste zu reduzieren. Um dem Wissenschaftsromangenre treu zu bleiben, wurden manche Dialoge und Berichte wörtlich übernommen oder nur leicht modifiziert. Aufgrund der jahrelangen Recherchen kann ich zwar nicht mehr alle Quellen genau zuordnen, hoffe aber trotzdem, dass ich alle Zitate mit umgekehrter Fußnote in der Literaturliste vollständig abgedeckt und niemandem urheberrechtliche Kränkungen zugefügt habe. In zweifelhaften Fällen sei jedoch auf die *Prinzen* verwiesen:

Das ist alles nur geklaut -
Entschuldigung, das hab' ich mir erlaubt!

Bücher

Bill Bryson, *Eine kurze Geschichte von fast allem*, Goldmann-Verlag 2003, ISBN: 3-442-31002-4, Seite 534, [Roman Seite 7 ff] (Geschichte über James Croll)

Anton Zeilinger, *Einsteins Spuk*, Goldmann-Verlag 2007, ISBN: 978-3-442-15435-7, [Roman Seite 51 ff]

Richard P. Feynman, *QED Die seltsame Theorie des Lichts und der Materie*, Piper-Verlag 1988, ISBN: 978-3-492-21562-6, [Roman Seite 61 ff]

Dante Alighieri, *Die Göttliche Komödie*, Marix-Verlag 2011, ISBN: 978-3-86539-225-1, [Roman Seite 65 ff]

Fritz R. Glunk, *Dantes Göttliche Komödie*, Piper Verlag 1999, ISBN: 3-492-22891-7, Roman Seite 65 ff, 105

Gerhard Roth, *Fühlen, Denken, Handeln Wie das Gehirn unser Verhalten steuert*, Suhrkamp Verlag 2001, ISBN: 3-518-58313-1 *Meilensteine der Wissenschaft*, Spektrum Akademischer Verlag 2002, ISBN: 3-8274-1380-X, Roman Seite 83

Chris Frith, *Wie unser Gehirn die Welt erschafft*, Spektrum Akademischer Verlag 2010, ISBN: 978-3-8274-2343-6, Seite 46 ff und 250 ff, Roman Seite 58 ff (Geschichte über Percy King) und Seite 100

Christof T. Eschenröder, *Hier irrte Freud*, Piper Verlag 1989, ISBN:3-492-11021-5, Roman Seite 29

Rupert Sheldrake, *Das Gedächtnis der Natur*, Scherz-Verlag 1990, ISBN: 3-502-13650-5, Roman Seite 24 ff

Rupert Sheldrake, *Wunder und Geheimnis des Übersinnlichen*, Weltbild-Verlag 1996, ISBN: 3-86047-240-2, Roman Seite 24 ff

Michael Macrone, *Heureka*, Marix-Verlag 2004, ISBN: 3-937715-56-8

James Trefil, *1001 Rätsel der Natur*, Bechtermünz-Verlag 1992, Seite 369 ff, ISBN: 3-8289-1649-X, Roman Seite 46 ff

Martin Urban, *Wie die Welt im Kopf entsteht*, Bastei Lübbe 2004, ISBN: 3-404-60544-6, Roman Seite 20 ff

Eckart Bergmann, *Die Präraffeliten*, Heyne-Verlag 1980, ISBN: 3-453-41350-4, Roman Seite 68 ff

Die Renaissance in Italien 1300-1560, GEO EPOCHE Nr. 19, 2005, Roman Seite 14 ff

Marco Bischof, *Biophotonen Das Licht in unseren Zellen*, Zweitausendeins-Verlag 1995, ISBN:3-86150-095-7, Roman Seite 37ff

Ronald D. Laing, *Es stört mich nicht, ein Mensch zu sein*, Kiepenheuer&Witsch Verlag 1979, ISBN: 3462014781, Seite 8 ff

Erwin Schrödinger, *Geist und Materie*, Diogenes Verlag 1989, ISBN: 325721782X

F. David Peat, *Synchronizität*, Scherz Verlag 1989, ISBN: 3502674981

Rolf Froböse, *Die geheime Physik des Zufalls*, BoD 2008, ISBN: 978-3-8334-7420-0

Renée Weber, *Wissenschaftler und Weise, Gespräche über die Einheit des Seins*, Aquamarin Verlag 1987, ISBN: 3-922936-53-9

David Bohm, F. David Peat, *Das neue Weltbild*, Goldmann Verlag 1990, ISBN: 3-442-11489-6

Immanuel Kant, *Kritik der reinen Vernunft*, Anaconda Verlag 2009, ISBN: 978-3866474086, Roman Seite 103

Oliver Sacks, *Awakenings – Zeit des Erwaches*, Rowohlt Verlag 2012, ISBN: 9783499188787, Roman Seite 29

Horst Müller, *Unsere Träume und unser Leben*, Books on Demand Verlag 2004, ISBN: 3-8334-1358-1, Roman Seite 96

Artikel

Die Wirklichkeit der Quanten in Spektrum der Wissenschaft – November 2008, Roman Seite 51 ff

Chronobiologie - Das dritte Auge in Gehirn&Geist 7/2004, Roman Seite 30 ff

Handlungssteuerung – Gefährliche Gleichgültigkeit in Gehirn&Geist 2/2004, Roman Seite 30 ff

Felder ohne Früchte – Rupert Sheldrakes Hypothese der formbildenden Verursachung, in Skeptiker 3/2004, Roman Seite 24 ff

Spiegel im Gehirn, in Spektrum der Wissenschaft März 2007, Roman Seite 88 ff

Den Gedanken lauschen, in Neurowissenschaft 25.8.2007

Geheimsprache der Neuronen, in Gehirn&Geist 2/2002

Algorithmen, Gehirne, Computer in Naturwissenschaften 78 – 533-542 Springer-Verlag 1991

Müllerzellen in einem anderen Licht, in BIOspektrum 7/2008, 14. Jahrgang, Roman Seite 95

GEO Magazin Nr. 2/2005, Neue wissenschaftliche Erkenntnisse: *Interview: Leben leuchtet*, Roman Seite 39 ff (Interview mit Prof. Fritz-Albert Popp)

Leben in der Quantenwelt, in Spektrum der Wissenschaft September 2011, Roman Seite 97 ff

Dostojewskijs Großinquisitor oder Die Überforderung des Menschen durch die Moral (Vortrag an der Münchner Volkshochschule vom 20.04.12) von Dr. Florian Roth (http://www.florian-roth.com/philosophievorträge/) Roman Seite 99 ff

Internet

www.wikipedia.org für sämtliche Begriffs- und Themenerklärungen im Roman

www.max-wissen.de Beitrag *Das Ticken in unseren Genen* Heft 15.1.2007, Roman Seite 30 ff

www.literaturschock.de – *Göttliche Komödie I-Hölle Gesang 12-22,* Roman Seite 67 ff

www.om-page.de/NeuePhysik.html, Roman Seite 98 ff

www.inselhombroich.de, Roman Seite 38 ff

www.epochtimes.de/articles/2009/11/06/512580p.html

www.welt.de/wissenschaft/article9982835/Die-geheimnisvolle-Natur-des-Lichts.html, Roman Seite 51 ff

www.balishaman.com/Die_Zirbeldruese-Teil1.htm von Dr. Friedrich Demolsky, Roman Seite 93 ff

http://www.ewige-steine.de/Kunstkurse/Bildhauen, Seite 5

http://www.deutschelyrik.de/index.php/memento-1082.html, Roman Seite 66

Film/Musik

Kubrick, Nixon und der Mann im Mond, Regie William Karel, 2002, Roman Seite 9

Hinter dem Horizont, Regie Vincent Ward, 1998, Roman Seite 71

Das grüne Leuchten, Regie Eric Rohmer, 1986, Roman Seite 91

Echos and shadows, Track # 5 aus *Turn of the tide,* Barclay James Harverst, 1983, Roman Seite 2

Hey, that's no way to say goodbye, Track # 7 aus *Greatest Hits* von Leonard Cohen, 1989, Roman Seite 103

Alles nur geklaut, Track # 2 aus *Alles nur geklaut,* Die Prinzen, 1993, Roman Seite 105